U0923602

〔埃及〕穆罕默德·阿卜杜拉 著
袁松月 译

日落之后

華文出版社
SINO-CULTURE PRESS

بعد الغروب

محمد عبد الحليم عبد الله

前　言

穆罕默德·阿卜杜·哈利姆·阿卜杜拉是埃及著名的小说家，出生在布海拉省的库米·哈马塔。1937年他毕业于开罗语言学院，曾担任阿拉伯语言协会会刊的编辑、文学艺术最高指导委员会文学研究部和小说部委员、文学家协会常委会委员。

阿卜杜拉自1947年开始创作，一生勤奋笔耕，共出版了十部短篇小说集、十三部长篇小说、三部文学评论集。他的作品文笔朴实，脉络清晰，人物性格鲜明，情节跌宕有致，在各个阶层中都拥有相当多的读者群。他善于在作品中运用富有特征性的语言描写人物的言谈举止，刻画他们的内心活动，塑造出形神兼备的鲜明形象。他的小说大多通过波澜起伏、往往以失恋或死亡告终的爱情故事，反映城乡劳动人民的生活和面貌，提倡高尚的伦理道德。他在揭示中产阶级对每况愈下的现实不满、对被扭曲的人际关系厌恶却无力对抗的悲哀时，笔调细腻，着墨于个人感情的体验，是埃及新浪漫主义小说创作的代表人物。他的不少作品被搬上银幕，是非常受读者欢迎的小说家。他的第一部小说《弃婴》，生动地描写了一位正直、善良、纯洁的姑娘的不幸遭遇，谴责了不合理的社会制度，具有强烈的理想主义色彩。作品发表后，轰动了当时的阿拉伯文坛，同年获得语言学会文学奖。继这部作品后，他又发表了《日落之后》，该著在 1949 年获得埃及教育部优秀小说一等奖。随后，他的另一部作品《秋天的太阳》问世，并又获得埃及国家奖。

《日落之后》是穆罕默德·阿卜杜·哈利姆·阿卜杜拉的一部重要作品。小说以现实主义的笔调、第一人称的形式成功地描写了主人公阿卜杜勒·阿齐兹的个人奋斗经历以及失意的爱情生活。小说故事情节具有社会的现实性，作品也因此而变得很有可读性。

作品中的阿卜杜勒·阿齐兹是一个农民的儿子，他出身卑微，虽然由于生活无奈被迫放弃对文学的爱好，但他还是受了高等教育，毕业于农学院。为了替父母分担家庭生活的重担，阿卜杜勒·阿齐兹只身去开罗城谋生。起先，他在一位大学同学的介绍下进了一家食品厂工作，不久他又自找生路，应聘当上了教授法里德先生的农场管家。阿卜杜勒·阿齐兹在管理农场，尤其在养蜂方面显得很有才能，得到了法里德先生一家人的称赞。后来，阿卜杜勒·阿齐兹与教授的女儿艾米拉小姐为法里德先生读、抄一篇有关爱情故事的文稿，使得管家与小姐有了接触，并相互产生了爱情。在这对男女相爱中，阿卜杜勒·阿齐兹显得更火热一些。他迫切希望小姐常来农场，与小姐多见见面，有时他甚至觉得看看小姐房间的灯光、看看她的倩影也好。可以说，阿卜杜勒·阿齐兹对小姐艾米拉的感情，真是一往情深。但阿卜杜勒·阿齐兹对小姐爱慕也好，追求也好，他的心愿与现实有一段很远的距离。因为他毕竟是给人看管农场的管家，门第有别。所以，他当面对艾米拉说：“如果你觉得我的地位不如你的地位，那么，请你相信我，我会努力改变自己的生活的。”显然，他心中的底气不足，没有及时大胆地向小姐的父亲法里德先生表明自己爱他的女儿的心迹。艾米拉也同样未能及时向父亲表明自己的心上人是谁。还有，法里德先生本人虽然在文学爱好方面与阿卜杜勒·阿齐兹有些共同的语言，也十分欣赏这位年轻人的才干，但他并没有想到，实际上也根本不会想到自己的女儿会爱上一个农场管家。他只是从自己的家族利益来考虑女儿的婚姻大事，所以他在临终时，当着堂侄萨米的面，亲口将女儿艾米拉许配给了他。艾米拉在病危的父亲面前，出于父命难违，也只好顺从了。管家阿卜杜勒·阿齐兹与小姐艾米拉这对青年男女的爱情之花，终于未能结出丰硕的果实。

在人生的道路上，阿卜杜勒·阿齐兹在爱情方面没有交上好运，可他在事业上却大获成功。阿卜杜勒·阿齐兹后来离开了那个使自己萌发爱情、为艾米拉小姐闯入自己生活而感到幸福、但又为她离开自己投入别人的怀抱而感到十分凄楚的农场，他向农业部申请开垦了一片四十费丹[①]的土地，使自己有了一个小农场，拥有了一笔可观的财富。

此外，他经过自己的奋斗，当上了一家杂志社的编辑，还成了一个有相当地位的文学家，并且还准备写一本小说。应该说，暮年时的阿卜杜勒·阿齐兹在物质、精神生活方面还是非常充实的。他唯一的缺憾就是没有妻子、儿女，没有一个完整的家庭。在读者看来，这或许是阿卜杜勒·阿齐兹爱艾米拉小姐爱得太深的缘故，或许是初恋的失败对他感情上的打击实在太重。在本书末尾，主人公阿卜杜勒·阿齐兹有这样的自白：

我曾经需要金钱，于是我找到了它；

我曾经需要名誉，于是我也得到了它，并得到了满足；

我曾经喜欢家庭，于是建起了它的框架，最后又使它不复

① 埃及面积单位，一费丹等于四十二公亩。

存在。

这些曾经是我最大的愿望。

这段自白可以说是阿卜杜勒·阿齐兹的人生写照，也可以说是小说的主题思想。作者似乎想通过这部小说告诉世人这样一个真理：人生在世总是有得有失，不可能是十全十美的；世上没有绝对的完美，“只有在幻想中才有这种完美”。

《日落之后》构思巧妙，前后呼应，十分自然。作品中的法里德先生所创作的爱情故事，是写一对男女恋人说好要结婚的，可是小伙子突然不辞而别，姑娘为此十分悲愤，后来她不得不与一个有钱的年轻人结婚。三年后，姑娘与昔日的恋人又相见了，并知道父母曾找过自己的恋人，恋人自知不能满足她父母的经济要求，所以就主动离开、放弃了。当姑娘问他“为什么还要出现在我面前”时，小伙子回答说，“因为我想生活在你呼吸的空气里，我要向你下面的那个妹妹求婚，这样你我之间在婚约、丈夫、孩子之后又有了第四个问题，那就是我是你的妹夫！”管家阿卜杜勒·阿齐兹与小姐艾米拉这对恋人的爱情结局与法里德先生的故事中的那对青年人的结局几乎有惊人的相似之处。正当阿卜杜勒·阿齐兹与艾米拉相爱得十分投入的时候，艾米拉的父亲却将女儿许配给了堂侄萨米，从而无情地拆散了这对恋人的好姻缘。艾米拉为此一直深感内疚，后来她主动去找已当了编辑的阿卜杜勒·阿齐兹解释，说明他们的婚姻之所以没有成功，是因为她没有将他们相爱的信及时交到父亲手中造成的，从而得到了阿卜杜勒·阿齐兹的谅解。作品中两对恋人的结局所不同的地方，也恰恰是阿卜杜勒·阿齐兹感到最遗憾的地方，那就是艾米拉父亲故事中的年轻人最后娶了恋人的妹妹为妻，得到了补偿，而阿卜杜勒·阿齐兹没有机会娶艾米拉的妹妹为妻。所以阿卜杜勒·阿齐兹说：“我最痛苦的是没有把莱伊拉娶为妻子。”作品的这种对比式安排，增强了刻画主人公内心活动的分量，给读者带来广阔的想象空间与思考余地，这无疑是作品的成功之处，也是值得赞誉的地方。

《日落之后》中还穿插了好几个生动的小故事。如艾米拉的帮手栽娜卜被主人的养子哈米德深深地爱着，但她却对管家阿卜杜勒·阿齐兹情有独钟，这当然是不现实的，因为当时阿卜杜勒·阿齐兹心目中所爱的只是艾米拉小姐。所以在阿卜杜勒·阿齐兹的撮合下，栽娜卜最终和哈米德组成了一个幸福美满的家庭；又如，为了试探艾米拉对自己的那份爱，阿卜杜勒·阿齐兹故意和艾米拉小姐的表妹特别亲近，惹得艾米拉醋性大发；艾米拉的未婚夫萨米对阿卜杜勒·阿齐兹不屑一顾，摆出一副主人的架势，而阿卜杜勒·阿齐兹又根本看不起萨米，这对情敌明里暗中展开了较量；再如，富有戏剧性的人物、阿卜杜勒·阿齐兹的好朋友萨利赫看似十分懂得生活，实际上是个玩世不恭的人，最后竟然成为禁欲主义者，走上苏菲的道路。所有这一切，充实了作品内容，增强了故事的曲折性，并使作品的主要人物形象更加丰满、逼真。

《日落之后》通过对一位埃及青年在城里奋斗的历程和在生活、事业、恋爱等方面的描写，尤其是通过对这位青年在爱情方面受到世俗观念及各种因素的干扰，被迫与自己的恋人分手的描写，对当时的社会现象进行了抨击。作品写得有血有肉，具有强烈的艺术感染力，在埃及受到了好评，被搬上银幕后，更是受到人们的热烈欢迎。由此可见，《日落之后》不愧是一部优秀作品。它为我们展示了当时埃及社会丰富多彩的生活画卷，相信广大读者能从中得到有益的启迪和美好的艺术享受。

《日落之后》是我在一个偶然的机会下发现的，当时只是随手翻了翻，但一看就爱不释手，最后一口气把书看完。书中主人公阿卜杜勒·阿齐兹的遭遇深深感动了我，他的爱情故事又令我久久不能平静。想不到世俗偏见、包办婚姻同样在埃及盛行，扼杀了多少对恋人的感情。因此，我就产生了要翻译这部作品的想法。然而解决版权实在是一个难题，我在无奈之中却又始终抱着希望。

1996 年我有机会去埃及学习。自从踏上埃及国土的第一天起，我就怀着一个强烈的信念：一定要把阿卜杜拉的家属找到。在开罗的那些日子里，我曾找过我国使馆文化处的官员，找过开罗大学文学院的埃及同学，找过书店的经理……但是一次次都没有成功。后来，机会终于来了。在开罗一个大型图书博览会上，我在埃及书店的展厅里与一位负责人交谈起来，没有想到这位先生是埃及另一位著名作家的儿子。我从他那里打听到了阿卜杜拉先生家属的情况，并委托他帮助我联系，那位先生爽快地答应了。这样，我知道了阿卜杜拉先生的遗孀一直随在科威特广播电台工作的女儿生活，一时见不到她。恰巧，在我回国前夕，阿卜杜拉先生的夫人回国小住。于是我便约了一位同学前去拜访。

阿卜杜拉夫人的家在开罗一幢高层公寓里。事先知道有中国朋友来做客，为了热情接待我们，阿卜杜拉夫人早早把住在别处的儿子、孙子召回了家。夫人是位埃及知识女性，看上去五十多岁，高高的个子，性格很是开朗，十分健谈，不时能听到她爽朗的笑声。相比之下，她的儿子显得稳重、腼腆。这是一个书香门第之家，宽敞、整洁的大客厅的一面墙上放着一排大书橱，书装得满满的。另一面墙上，挂着一幅很大的阿卜杜拉先生的遗像。夫人在向我们介绍她的家庭情况时，言辞滔滔不绝，就像在和多年的老朋友交谈似的，毫无陌生感。从她的言谈中，我们感到了她对自己丈夫、儿女和家庭的自豪，对生活充满了无限的热爱。她一再表示中国人民是埃及人民的好朋友。当我提出《日落之后》《弃婴》等作品的译介及其版权处理时，她满口应允，并表示能让阿卜杜拉先生的作品在中国传播是一件大好事，这将有助于增进埃中两国人民的了解和友谊。她让儿子代她写好书面承诺书，并郑重其事地签下了自己的名字。对于她的远见及慷慨，我深表赞同和钦佩。值得庆幸的是，现在可以告慰阿卜杜拉先生，并可以了却他遗孀的一个美好心愿：授权我翻译的《日落之后》中译本正式出版了。它的出版是中埃两国人民友好发展的象征，愿这朵情系中埃人民的友谊之花，永远绚丽开放在芳香四溢的文艺百花园里。

译　者

目录

第一章

那是一个令人难忘的黎明，也是我青年时代在农村度过的最后岁月。

已经是十月末了，可是秋冬之交的早晚依然是那么舒适宜人。伴随着黎明来临，农村的天空中总是弥漫着厚厚的一层迷雾，除了那怡人的微风，农田、茅屋和所有的一切都在浓雾中沉睡。

这一派迷人的景色并没有能吸引我的心，也没能使我心旷神怡，更不用说我对它产生热爱，因为那时候的我，对一切都茫然无措。

那天，我还在蒙眬的睡眠之中，便从床上一跃而起。我知道火车将随着黎明的来临驶进车站。我当时虽然像个似醉非醉的汉子，不过和母亲告别时的场面却始终萦绕在我的脑海里。母亲一听说我要走了，立刻转过身子，流着泪吻别我。在去火车站的路上，我的脑海里怎么也驱赶不掉母亲在灯光下送别我时的身影。她手擎着那种农村用的简易灯，在我的身后为我照亮巷子里的那条路。

我骑着一头瘦弱的小毛驴，毛驴的外表让人一看就知道它是一头有残疾的驴子。它可算是我父亲没有被弄光的一件家产。毛驴一边走，一边发出呻吟，这呻吟声伴随着踩在泥土上的节奏，组成了一首悲哀的曲调。如果我在鞍子上有点儿动作，它的背立即会不安地扭动起来，一直到背上出现伤口。因而我只好直挺挺地坐在它的上面，一动也不敢动，简直就像是一尊雕像。很快我的注意力便集中到了这条崎岖不平的狭窄的农田小路上。

周围所有的一切是那么的黯然失色，令人感到沮丧。各种各样的念头像电流一样在我脑子里飞快地来回转动着。

弟弟被迫跟在我的后面行走着，他还是个少年，才十三岁。为了使我去车站的路上不感到寂寞，他来给我做伴。从我们村子走到火车站有半个小时的路，我们是硬把他从睡梦中弄醒来送我的。把我送到车站后，他再把毛驴牵回去。我真希望安拉能够给毛驴有驮上我们兄弟俩的力气，然而这头毛驴只驮我一个人，对它也已经是勉为其难的了。不过，我那固执的弟弟也不愿意两个人骑一头毛驴赶路。

我们兄弟两人谁也不说话，似乎内心都异常的平静。我只管想自己的心事，一直到毛驴上上下下、艰难地把我送到车站，我才赶紧从驴背上下来，卸下压在驴背上的沉重负担。

人的心就是这样的，既离不开力量的魔力，也去除不掉残忍这个毛病，甚至连烦恼和痛苦也去除不了。因此人不光会同情人，而且还会怜悯畜生。

我在弟弟的额头上吻了一下后，他便回去了。我的目光一直尾随着朦胧中的他，直到那件白色的大袍在我的视线中消失。

在这宁静之中，我略微感到轻松点儿了，周围只有树叶发出的婆娑声。我不知道为什么会感到轻松，也许是泪珠已经把痛苦和沮丧冲刷殆尽了，我处在一个没有人干扰的自由空间中；也许那是由于我很会忘却自己。我经常习惯在有烦恼的时候，远远地躲开人们，使自己的心平静下来，在安宁的环境中思索、在轻松的静谧中超脱。睡眠使人精力充沛，剩下的时间干什么呢？随着太阳的升起，人们的精力开始旺盛，开始为欲望而相互竞争。

这个新车站里没有可供乘客休息的凳子，我便把旅行箱当作凳子，小心翼翼地往上面坐，因为箱子不太结实。我的眼睛一直朝北面眺望，注意有没有火车进站。火车将把我送到开罗。

秋天的露水渗过薄薄的衣衫，已经透到我瘦弱的身体上了。我感到有点儿凉意，便在站台上来回踱步消磨时光。这样一直到微风送来远处的火车汽笛声，我才扣上衣服，扛起箱子准备上火车。

太阳出现在东方的地平线上，一天的生活又开始了。太阳像强大的电钮，使大地充满了阳光和活力。我心不在焉地从窗口眺望着它，这是我开始工作生涯第一天看见的太阳。我的感觉是它不像我以前看见的那样可爱，以前我是个孩子，看见太阳就微笑。我提起箱子，用机械的动作把它打开，从里面取出用报纸包起来的早餐，那是一块煎蛋饼和半块面包，我讨厌带它们。随后我把箱子搁在大腿上，开始吃起来。我几乎是狼吞虎咽。火车载着我向南疾驶，然而此刻我的心还留在北方的那个村子里。我不时地往嘴里塞食物，然后毫无感觉地动弹一下，做出一副找水的样子，过后又开始狼吞虎咽地吃起来。我根本不朝坐在我面前的乘客抬一下眼睛，因而我也就不知道他们是在用什么样的眼神看待我这种吃相的。

是的，我一直记着那个忙碌的日子，只要我活着，我会永远记住这个日子。那一天是我在离家一年后的日子，我兴奋地从开罗回来准备在家里住上几个星期。我急急忙忙回家报喜，告诉父母亲我已经在农学院完成学业，并取得了好成绩。然而我得到的是令人失望的回答，他们对我的学成归来报以沮丧的、几乎是十分勉强的微笑。我的心一下子怦怦跳动起来。我相信一定是家里有了危难。家中的一切，从家具、器皿到四周的墙壁，在我的眼里，似乎都蒙上了贫穷的尘埃。以往我一进家门，第一个遇见的总是老用人。那天当我问起他在哪里时，母亲用低沉的、似乎不愿意让我听见的声音说："我们不雇他已经有一段时间了。"

父亲身体消瘦，整个身子蜷缩在大长袍里面，大袍好像是从身材魁伟的人那里借来的。他的头发蓬乱不堪，两只眼睛暗淡无光，说话时不再用那种命令式的、非要人服从的口气。他那种畏畏缩缩、垂头丧气的样子让我看了实在心疼，好像有一把刀子捅进了我的心口。而母亲，我看她还是那副倔强的模样，悲伤使她的情绪变得恶劣和暴躁起来。她原来那张白白净净的脸，现在变得红红的，好像是被人打过耳光留下的痕迹。

我不知道那些经过考验、在困难面前坚强不屈的人算不算是最了不起的人。不过他们无疑是人类中不可多得的出类拔萃的人。我多么希望自己成为这样的人啊！我不但对灾难降临感到失去希望，而且它就像蹲在那里的一头大象，令我恐惧不安。

我在车厢的椅子上坐了好久好久，好像被椅子粘住了似的，一动也不动。我的出神简直可以说创了奇迹，以致坐在我前面的人都耐不住了，而我却一点儿没有感觉到，仍然沉浸在回到父母身边后和他们在一起聊了几个小时的情景中。当时说到那些倒霉事的时候，父母亲的脸上同时浮现出长者那种殷切的、不知所措的神色。父亲摇了摇脑袋，身子微微倾向我，内心十分不安地对我说：

"孩子，听我说。许多儿女都迫不得已承担了父辈的过错。也许安拉在我们的心田里不但播下了爱儿女、鼓励他们奋进的种子，同时还让年轻人的父辈衰老，让年轻人来改正父辈的过错，使父辈愧对儿女。"

我感觉到父亲是抱着歉疚的心情面对我时，便再也控制不住自己的泪水了。父亲长长地叹了一口气，对我说：

“这样很好，我已经透过泪水看到了吉祥，不过，你必须听完这件事。”

他停住话头，没有往下说，随后心急而又慌忙地摸了一通口袋，掏出一只盒子，里面装着烟叶和纸。他用微微颤抖的纤长手指卷了一支烟。做完这一切之后，他又开始说话。

“我在棉花生意上赚到的钱是极为有限的，这你也应该知道。我对属于我们的那二十费丹土地上的微薄收入感到满足。我们过着丰衣足食的生活，这使不少人眼红。一些在生意场上认识我的人都劝我扩大生意，但是我苦于缺乏资金，无法开拓市场。

“几年前，我把十五费丹土地抵押给了不动产银行，从那里拿到了一笔资金。可是谁会想到，我刚办完这件事，市场突然变得萧条起来，竞争者们纷纷玩弄起手法。我在土地上已经没有收益了，生意上的那点儿钱又维持不了家庭的开支和还债。我开始年复一年拖延还银行的钱，最后欠债越积越多，只好把手中剩下的那点儿土地租了出去，这样才算还清了债务。尽管，开始的时候我觉得银行的做法是不公平的。

“就在这一年里，村里有一个买主突然和我们家有了纠纷，于是买主付清了钱，我把土地产权转移给了他。就这样，孩子，我们变成只有五费丹土地了。我卖掉了土地不算，又变卖了大片土地所需要的牲口。显然，我们不得不向现实屈服，在命运注定给我们的那一小块土地上奔波。

“尽管这样，我心里并没有悲观失望，我把希望寄托在你的前途上。我强迫你进农学院，希望你有辉煌的前程。我认为我的儿子将来会成为一个了不起的人，他会用自己的智慧和劳动，在我们的土地上创造出一座人间天堂。

“可是安拉现在还没有给我回报，我们的生活之船只能随波漂荡，我们的步伐只能听凭命运的安排。接下来是看将来怎么样了。”

听罢这席话，一股寒流遍及我的全身，我感到肩头责任重大，就像个鲁莽的士兵被迫接受战斗命令。我几乎想说：“请你们让我自己选择吧！”真要是这样的话，当时我就会进文学院。可是我的话刚到嘴边又咽了回去，我望着父母亲说：

“那么现在我必须去找职业吧？”

“是的，必须这么做。”他们异口同声地回答我。

以后就是我在黎明启程，母亲站在门槛上为我送行。母亲把两只手交叉在一起，站了好长时间。她的眼睛里噙满了泪水，仰头祈求安拉保佑我。我轻轻擦去滚落在我清瘦的脸上的泪水，不让母亲看到它。

第二章

我在自己的座位上坐着，对时间的流逝毫无感觉。我沉浸在对遥远的往事的追忆之中。火车有规律的隆隆声，像轻微的麻醉剂在我的身体中流动，使我觉得似乎这儿就是家。当那羞人的泪水威胁着我快被人看见时，我的全部感觉又回来了。我发出一阵寒战，像昏迷者被冷水当头浇醒了一般。

许多人会在闲聊中喋喋不休地念叨自己的困苦，我属于那种看见别人痛苦心里也会难过起来的人。我是个不爱抱怨现状、也不爱抱怨文章的人。我看见坐在对面的一位女士，她对我的神情表现出惊奇和不安的样子，于是我警告起自己：你看见了吧，她对你产生了误解。我随即打开箱子，取出一本书，翻开来挡住自己的脸，开始阅读起来。

书的内容没有什么大的意思，里面有不少类似我这样的倒霉情景和内容，于是我在书的封面上写了两个大大的字：痛苦。显然人们都看见了这两个字，因为我是把书拿起来挡住脸的，就像我前面说过的那样。很快，我感觉到坐在我对面的那个人的脚碰了一下我的脚，并且准备站起来，那动作看起来不像是故意的，不过，我相信他是故意这么做的。我拿开书露出脸来，用文雅的、质问的目光望着他。我看见他的嘴唇上浮现出甜蜜可亲的微笑，接着说：

“请允许我打开窗子，我觉得现在外面的空气中已经没有了黎明时分的那种潮气。你看行吗？”

“没问题。”我回答说，并且相信这是他打开话匣子的钥匙。果然，他又说起了天气：

“秋天的气候要比春天更令人心旷神怡，你同意我的看法吗？”

“怎么会呢？”我说，“春天是百鸟啼啭的季节，而秋天，它不是美景消亡的季节吗？”

和我交谈的是一位五十开外、身体壮实的男人。从外表上看，他是一个随随便便、漫不经心的人。他给人的感觉是身体过于肥胖，个子不太高，可身上尽是鼓鼓囊囊的赘肉。你可以想象得出他身体里面的脂肪分布是很不均匀的，大多都堆积在腹部和面颊的两侧。如果他连续说一大堆的话，那么听者必须费好大的劲才能听清楚。也许正是因为他长着这么一副模样，使人觉得有点儿可爱。他一开口说话，那双又白又厚实的手便帮忙做手势，似乎这是一种装饰。他一说完话，便会用手抹去积在嘴角边上的白沫。他常常会对着你发笑，即使是根本没有什么好笑的事。因而他笑起来，你也会跟着他笑。不用多久，你便会感到你的笑声是从心底里发出来的，这完全像睡觉，开始时你是装睡，后来你就真的睡着了。

他和我交谈起来，就像在和一位久别重逢的老朋友说话。

“我看你过于认真了吧，孩子。痛苦，照我们看是生活中本来就有的，不是创造出来的。所以我说，痛苦是天生的。这就是说，痛苦只有安拉能制造，人是制造不了的。”他一边说着一边笑，我坐着的椅子也被他笑得颤动起来。

我惊讶地微笑着，心事重重地说：

“牧场上开满了大自然的鲜花，可是什么东西都会模仿的人，却偏偏用纸去做花。”

不等到我继续说下去，他立即用浑厚的口音脱口而出：

“孩子,生活中到处充满了痛苦,用不着到书本里去寻找,在我看来，世界已经被作家们描绘成了像小学生用蜡和黏土捏成的水果。我在你这样年纪的时候，看书也着了迷，甚至以为只要读上几份报告，便知道怎样生活了。可是自从踏进工作的大门那一天起，我的思想就苦闷起来，我才明白原来自己只是在沙漠中学游泳，或者说是在陆地上学游泳。”

说完，他掏出手帕，轻轻拭去脸上沁出的汗珠，其实这个季节是不会出汗的。我沉浸在对他那番话的思考之中。我终于明白了，这个外表愣头愣脑的人，心里自有一套自己的哲学。我朝他的妻子望过去，只见她的脸上有一种忧虑和厌烦的神情，显然她对丈夫的唠叨不以为然。

随后，我又朝那个男人望去，眼睛里充满着渴望交谈的神情。于是他摆出了一副准备说故事的模样。我合上了书，简单地说：

“你说得对，生活要比教授做的长篇大论来得更加深刻、更加耐人寻味。”

他对我的话毫无反应，也许他根本就没有听见我在说什么，也许他觉察到了妻子的态度。但是他只要一打开话匣子，便把周围的一切忘记得干干净净。他接着刚才的话题说下去，好像根本没有被人打断过。

“一跨进生活的大门，我才明白在学校里学习生活，犹如在沙漠或陆地上学游泳。在学校里我们学到的是不要沉浸在自我中，要热爱集体。我们不懂得生活是一种高尚的竞争，还没有探到事情的本质，便去追求，好像所有的事情都是千篇一律的。”

“对，没错。我也总是这样认为的。”我立即插嘴说道。我的插嘴，使他的话像一匹被缰绳拉住的马，戛然停住。

他高兴地笑着，白净的脸上洋溢着喜悦之情，因为我表示赞同他的话。他稳定一下说话的情绪，把靠在椅子里的身子微微朝前挪了挪，让那便便大腹舒坦地搁在大腿上面。他把脑袋朝我凑过来一点儿，然后用激动的口吻说：

“你也陷入了这种谬误中？可怜啊，孩子。如果你想纠正过来，你的代价是要付出一生中的好多年。我当年想纠正过来，结果付出了五年宝贵的青春年华。”

这是个不祥之兆，我咽了一下口水，想对他诉说我的不幸，相信这样能够得到一些安慰，凡是伤感的人在吐露心中的苦闷后都会得到这样的安慰。

“那事情已经将近三十年了。我刚工作的时候，是在一所商学院当教师。我父亲是珠宝匠，是个习惯使用迪尔汗[①]和基拉特[②]的人，他对生活问题的衡量有他自己一套精确的理论。他看见我对这个职业心满意足，便对我嘲笑，对此我至今还记忆犹新，父亲张大着没有牙齿的嘴巴，两只眼睛在厚厚的镜片后面闪闪发光。那天，我告诉他，同学们都羡慕我这个职业，说等待我的是辉煌的前程，凭着安拉的奇迹，我在教学中会做出成绩的。父亲听了我的话，对我说：

“‘我不喜欢听这种糊里糊涂的观点，也不喜欢你发表愚蠢的长篇大论。孩子，我是个和金子打了一辈子交道的人，我只想对你说，你从事了那个职业，那么你绝对成不了富翁。你将呕心沥血为国效劳，国家要挤尽你的油，用尽你的力。一旦你累垮了，他们给你的补偿，就是说报酬或者薪水，还不够一个衰弱的老头在爬向坟墓的路上所用

① 度量衡名。1迪尔汗等于3.12克。
② 基拉特，克拉。用于宝石或颗粒体的重量单位。

的灯芯钱。以后也许你会像你父亲那样，有一大堆的孩子，而你留给他们的只有贫穷和孤独。你要当心那个骗人的光环。记住父亲的忠告吧，或者说，接受一个珠宝匠的劝告吧。'

“可是我并不相信父亲的话，还是开始了我的教书生涯，我表示今后要当个合格的教师，这话没有得到学校里同事们的赞扬。当时，我像脸上挨了一巴掌。

“那时，我们学校里有这么三种人：一种人兢兢业业，埋头苦干，只知道工作。很遗憾，我当时就是那样一种人。还有一种人，他们就如埃及农村人说的，表面上过得去，不委屈肚皮，得过且过。这种人毕竟是少数。而大多数的人，他们避开校长，天大的烦恼也扔在脑后，尽情享受各种快乐。

“这样过了两年。我在两个兄弟中间，简直像个叫花子，但是我仍然相信自己付出的努力会有结果的，就像有水总会长出青草一样，或者说就像人从高处往下跳，大地自然会把你接住。我全然不知道世界上还有恩将仇报的事情。这就是人们对失败者鼓掌，对勤奋者嗤之以鼻，我是个忠诚的人，却是个被人鄙视的人。最让我忍受不了的是，在谋生的道路上你必须步步小心翼翼，每一步都会有灾难来阻挡。你没有笔直的路可以走，倒霉的运气会使你一直提心吊胆的，没有安全感。”

说到这儿，他鼓起了两腮，像吹笛子似的吐了一口长长的气。他的脸上没有了欢乐，只有天真、率直和平易近人的神情。他往下说：

“是的，我就在这样的情况下过了两年。后来我父亲去世了，我们兄弟姐妹多，我只分到了很小一部分遗产。那时候，我才发现自己已经二十二岁了，于是我结婚了。”

说到这儿，他对妻子望了一眼，好像请求她原谅，他还要说下去，希望她别生气。

“当时，我们这种职业每两年可以拿一笔津贴。如果安拉开恩的话，每年能拿到一笔不少的钱。我们每年春天添一个儿子或者女儿，为了纪念结婚五周年和第五个孩子诞生，我们甚至举行了一个星期的庆祝。”

说到这个地方，他的太太不好意思地涨红了脸，把目光移到窗外别的地方。我礼貌地随之一笑。

“这样，我总算开始相信父亲的观点，尝到了经济拮据的苦处。孩子，在家里或者在工作中心神不宁的体会，那是我无论如何也忘不了的。家庭是个小天地，它不同于我们白天生活的那个天地，我们需要在家庭中寻求舒适和安宁。一个人如果因为某种原因不愉快的时候，就会怒气冲天。他就会像走在两个人拉着的高高的绳索上失去平衡。

“我永远忘不了那一天，它结束了我五年的教书生涯。那一天实在是很惨的。我置产后病重体弱的妻子于不顾，扔下两个在床上出麻疹的孩子，疾步朝学校去从事我热爱的工作。在这个不寻常的日子里，我的运气简直是糟透了。第一堂课我迟到了二十分钟，这节课刚上完，校长就把我叫到了他的办公室。到了那里，由于熬夜的缘故，我两眼疲惫无光，头发凌乱不齐，满脸胡子拉碴的，两片嘴唇枯裂，衬衫上的领带偏向一边。我没有来得及吃早饭，脸灰蒙蒙的，四肢微微颤抖，我的模样真像是刚从灰堆里爬出来的。我看见校长先生的手里拿着一支铅笔，椅子里的身体微微向前倾，他看见我走进门，没有开口说话，而是突然用那支还没有削过的铅笔在桌面上猛敲几下，使我一下子警觉起来。随后他说：‘先生，你失去这份工作了。你没有听见你那个班里的喧闹声吗？’随着校长的话音走进来一个人，在班里捣乱的就是他，是他准备让校长发这个辞退令的。我顿时火冒三丈，用铿锵有力的声音诉说着理由，然后在同天晚上，我毫不犹豫地同意了校长的辞令，离开了学校。”

他停顿了一下，似乎让我对后面的事情留下悬念，就像舞台上的最后一幕，当观众还有悬念时，帷幕就落下了。不过，我们很快从刚才的话题转向谈论无聊的有关火车的话题。这是一个新的话题，我们立刻从回忆中转过神来。

火车在一个站上停顿了一会儿，然后又按正常的车速行驶起来。那位先生的太太沉浸在欢声笑语中。我们周围的乘客，各自行动不一，脸上的表情也各不相同。有人在高兴地谈笑，有人眉头紧皱一言不发，还有人站在窗边，谈论着农村的景色。我听见邻座的乘客在悄悄地说："这样不道德！"另一位乘客咕哝着说："这不是一种合适的解决方法！"第三个人大声说："不管大家怎么笑话他，他是个聪明人。"

那位先生的太太说："火车在前面那个站开出之前，这个人向站台上的一个小贩要了一杯柠檬水。"这时，大家都朝那个人望去，想知道下面的事情。我们看见那个人手里拿着一只杯子，突然高声说：

"冰冻柠檬水只值十个木里姆[①]，而这只杯子少说也值二十个木里姆。真是少有的便宜事。"

我对看见的这件事没有评论，只是向那个人投去鄙视的目光。刚才和我说话的那个人，在自己的位置里显得烦躁不安，一副气愤不已的样子。他不时神经质地对着窗子外面吐唾沫，好像看见了一具尸首似的。这位朋友由于刚才的回忆显得心情沮丧，眼前的事又更加让他无精打采。于是我小心翼翼地转移话题，当他的脸冲着窗子在欣赏外面农村景色时，便直截了当地和他谈论树木。然而他却立即避开眼前的事，又回到刚才的话题中去。

"孩子，我们生活的这个时代里，没有一个人会出来阻止干坏事的，"他从高声说话转向悄悄低语，"如果让我来惩罚这个人的话，我会把杯子狠狠朝这家伙的脑袋上砸去。这件事真像当年我在学校里的事，同事们睁眼看着我受欺侮，就像我们现在眼看着卖柠檬水的小贩受欺侮

① 埃及币制中最小的单位。

一样。有人讥笑，有人遗憾，有人叫好。我和校长吵了一顿后，当天中午就回家了。我在心里暗暗发誓，再也不跨进学校的大门了，我要另寻出路养家糊口。我找了一家小型专科医院，每天像愚蠢的护士那样，令人厌烦地来回走。我在小帮工的协助下准备饭菜、拿药、送午饭、整理床铺、命令每个病人休息，把病人送到房间里安顿好，关上门，我得时时刻刻想着他们，对他们操心。

“一天傍晚，我穿戴整齐，坐车来到了开罗南面的一个被穆盖塔木山[①]环抱的地方。你可以看见那里是一大片光秃秃的开阔地，随风飘来一股特别的刺鼻味，那是一种在燃烧羽毛时发出的气味。那片土地的特点是，土特别多，白天天空中总有成群叽叽叫着的鹞，它们的外表贪婪、勇猛、凶悍。也许你现在明白我说的那个富有神秘色彩的地方是什么地方了吧。

“一个中年人迎接了我，他是我父亲生前的一个朋友。从少年时起就从事这门手艺，钱越赚越多。他对于我到这种偏僻的地方来看他觉得惊讶和感动。我告诉他，我想办一家制革厂，现在来听取他的意见，想请他帮忙。父亲的朋友对我说：

“‘孩子，在那臭气熏天的地方，人们把脚放进大瓦瓮里，每个人的身子有一半是浸在里面的。可是那里面流动的全是金子啊！那些人在埃及，多像是欧洲的淘金工人！’

“我简单地对他说，我想干，要独自干。因为当我最后一次站在校长面前提出辞职时，我已经尝到了生活的苦处。我对校长说过：‘你的处罚对我来说是恩泽，我将借你欺侮人的光，重新选择自己满意的生活。再见了，校长，从明天起我就是自己的主人了。’

“当我辞去了工作，年终那一大笔职务津贴自然也失去了。我们有了五个孩子后，没有继续再要。我开创了工作局面，开始走进世界。

① 开罗有名的山。

让我们把做学问留给那些愿意为学问献身的人吧！做学问的不外乎是两种人，一种是有钱人，一种是苦行僧。”

说完这番话，他拍了一下手，晃动着脑袋。

“谢谢你，”我说，“你的经历真比读书还棒，我现在像你当时那样，知道了自己未来的大门在哪里。先生，让我以你的名字感到荣幸吧！它会使我幸福。”

我觉得他多半不会有名片，很多老板身边都不带名片，有重要的事情只要吩咐总管就行了。倒是那些总管的名片上总写着一个或者好几个职务装饰自己，就像军官在自己的胸前挂上许多功勋章装饰自己一样。

这位朋友把他的名字告诉了我，可是我却偏偏没有听清楚。他说名字的时候，火车刚好行驶到尼罗河桥上。快抵达开罗了，火车的汽笛声加上隆隆的行驶声，我根本听不清楚他在说什么。

我不好意思地请他重复一遍尊姓大名，他开始一愣，最后还是告诉了我。

第三章

有好多人，他们就像孩子们在节日中玩的气球那样，一个劲儿地吹气就会爆炸，如果放开手，便会一下子冲到天空中去。是的，很多人是这个样子的。每一个人心里都有难以启齿的故事,但只要一有机会,哪怕面对的是陌生人，他也会把痛苦一吐为快。

很少有人会诉说不光彩的事，而也只有我，在火车上就把自己父母的伤心事告诉了邻座的乘客。在这种时候，我们听到的往往是悲剧，但最后的结局总是成功的，这样也许会使每个诉说的人恢复信心，看到成功的前景。

我在开罗下了火车，发现自己到了一座好像从来都不熟悉的城市。其实我离开这儿才两个月，现在又回来了。我迫不及待地欣赏起城市的景色，就像端详久别重逢的恋人的脸庞一样。

火车上那位朋友的话，使我的心豁然开朗，我发现了原来没有看见的天际。也许那是我丰富而又多变的想象力已经在什么时候把天空描绘成了没有一颗星星闪烁。自从听了那位我已经知道了他名字的朋友的故事后，我开始反复考虑起职业的问题，然而这是一件不着边际的事，怎么才能实际点儿呢？我暗暗地嘲笑自己。

我的生活道路完全不明朗，我只不过像个打点好行李的出门旅游者，手上没有票，碰上哪一趟火车就上去。或者说，我不就像个坐上突然而来的火车的人吗？如果你问我打算去干什么，我会对着你双手一摊，耸耸两肩，让你一看我的动作就明白我的回答是“不知道”。

如果你要问我喜欢干什么，我可以回答你。不过我要对你信任后才会告诉你。你的这个问题与前面那个问题不同，因为一个人打算做的事情不一定就是他喜欢的事情。如果我信任你了，知道你绝不是那种对我的生活随便看一眼的人，那么，我会两眼望着别处，脸羞得通红，不好意思地回答你：“我喜欢做个文学家。”

为什么呢？

我毕业于农学院那不是我的过错。同样，我现在已经二十三岁了，这也不是我的过错。原因只有一个，是由于没有人了解我，没有人给我机会。

说到这件事情上，以后你会知道很多的。

我对自己最初居住过的那个街区印象很深，我最初寻找工作就是在那里。我下了电车，把那只中型箱子放在右边，拂去旅途中落在衣服上和头发上的一层薄薄的尘土，朝着在学生时代最后一次漫步的那个地方走去。一到了那里，我就觉得自己好像在做梦。我的内心莫明其妙地火烧火燎起来，有一种跌跌撞撞走在美好未来的命运绳索上的感觉，它那么明显地在那里，我只得走过去。这种痛苦的感觉过后，留下的只有回忆，至于未来，它只能是个幻影。

这个地方还像从前那样，到处是年龄不同的男孩子，他们就像一群刚孵出的小鸟。那些平台、窗口还是从前的老样子，用四方形石头垒起来的房子也依然如故。这儿积着一摊水，散发出肥皂味儿；那儿有一只或者是几只猫在争吃扔在马路上的鱼渣滓。还有就是四处是菜贩子的流动小推车，车的周围挤满了妇女，讨价还价声此起彼伏。没有这个民族，就没有了这个民族生活的景象；没有这个民族，你就想象不出这种活生生的情景，其他的地区也无法模仿它，这就犹如人们说的那样，小说和舞台是迥然不同的。

我无意识地突然放慢了脚步，因为对面那幢楼房是我曾经居住过的地方，我住在那里的一楼。我站在原地饶有兴趣地看着在我走后住进去的人的一张张脸。在短短的一瞬间，我的脑子里描绘出许多兴奋的脸在两间房间（确切地说，是一间半）里晃动的情景。那些景象不断在我脑海里浮现，我无法抗拒。我神经兮兮地站在胡同中央，毫无缘由地探头去看窗子里能够看见的一切。我把箱子放在地上，脚搁在上面，解开鞋带，然后故意又慢腾腾地做出一副系鞋带的动作，两只眼睛却偷偷地尽往窗户里望，可惜我一个人也没有看见。

我去张望，是想看到住在里面人的脸，也许我和住在里面的人有点儿关系吧。

其实什么关系也没有，只不过是我的心里关心租房者，或者说是租房者的命运，同时也关心房东的命运。

我随即回忆起过去两年的朝朝夕夕。我的对面有一座房子，那里有我一个老朋友的家，离这儿十五分钟的路。我打算去他那儿客居，这样我就能够比较轻松地度过安拉为我安排的这段时光。因为我随身带的钱无力承担我付房租和吃的开销，说不定什么时候我会身无分文的。我说的朋友是个职员，没有结婚，在政府的一个部门里供职，是个秘书。他也是年轻人，二十五岁，性情温和，脑子聪明，对世界有自己独特的见解。他总是在微笑中说出自己的观点，他对我说："这样的微笑不会超过三十五年，我的心是这么告诉我的。"即兴臆想在他的每一个行动中都会表现出来。他常常伫立在窗口眺望，当阳光完全照射到他身上时，他会想到他赢得了这一天。

我已经站在他家门口了，时间是早上九点钟，这个时间他是不会在家的。我上了楼梯，来到平台上，疾步径直走向一个房间，房间的墙面上挂着一个很深的小箱子，把手伸到里面，掏出了一把钥匙。然后穿过宽大的平台，朝着像只瘦猫似的蜷缩在角落里的那间又小又窄的屋子走去。

我的朋友不准备每天为居室买一把新钥匙，他总是习惯把钥匙扔在这个箱子里，凡是他的朋友都知道这个地方。几分钟后，我已经把衬衫扔在他的床上。时间一小时一小时过去，我在期待他回来。这时，我的脑子不停地在想着，从未来想到了过去，从过去想到了未来，不停地来回想，就像犁地的人犁到地的尽头时回头再犁一样，一直想到瞌睡征服了我。

门锁里钥匙转动的声音使我从睡梦中醒过来，随着一声剧烈的关门声，传来脚步声。我揉揉眼睛，从床上坐了起来，进来的只能是我的朋友、房间的主人萨利赫。他一看见我，立即高声地叫了起来：

“阿卜杜勒·阿齐兹！真是个意外。原来你是开门进屋后又把钥匙放回到了箱子里、准备给我来个意外的惊喜。啊，好狡猾的家伙！”

我们兴奋地拥抱着，热烈地接吻。

“刚来吗？”他问我。

他开始脱衣服，把短上衣随手扔在椅子上，裤子甩到了床边，鞋子丢在桌子下面。他一边脱着，一边问这问那，但是又不指望我回答什么。最后他问：

“尝到了长住农村的滋味了吧？怎么样，阿卜杜勒·阿齐兹？身体怎么样？也许想念我们了吧？你是怎么恳求你父母的？告诉我，还在迷恋你的文学创作吗？”

他就这样忙忙碌碌地脱衣服、穿便装，一直到全部弄停当才面对着我。我半倚在床上。他说：

"朋友，怎么样？我对你的情况一无所知。"

"没什么可说的。"我答道。

"那么，你可能是被一个足以让你痛心疾首的悲惨事件糟蹋了。在人类中，有一种人面对现实是不会哭泣的。"

"不，萨利赫。我是为我自己的事、为我父亲的事、为我兄弟的事、为我未来的事而难过。那些都是没有情调、楼房倒塌、希望毁灭的故事。"

我不知道自己在说这些话的时候脸上是什么样的表情。我的朋友是个漫不经心、不会痛苦的人，想不到这时候他却皱起了眉头，即刻和我一起沉默起来，他这样真像个投海的人突然收住了脚步。

"够了，听这些就够了。我们现在就说到这儿吧！"然后，他为了让我从痛苦中走出来，笑了笑接着说：

"对，我们来说说她吧。我得写一封情书给她，过一会儿你来口授。你不在的时候，我竟无能到这种程度，竟然连给她写封信也不会。"

他的表情变得严肃起来，在我的床沿上坐下，说：

"用简单的话告诉我究竟怎么回事，我想知道没有框框的事情真相——你常常会夸大其词。"

于是我把父亲的情况和我不想现在去找职业的事告诉了他。想不到他听了后哈哈大笑起来，笑得前俯后仰，合不上嘴。我望着他这副模样，几乎要发火，但是马上想到他的个性——他是个会动脑子的秘书。

萨利赫凑近我说：

"听着，朋友，你是不是在为自己失去的东西而痛苦？"

"那还用问。"我急忙回答。

他说："文质彬彬的书呆子，我只有一句话想告诉你：我认为那是一场赌博中的事。"

他停顿了一下，看着我的眼睛，想知道我对他的开场白是不是赞同。当看到我对他的话没有反驳的意思后，他又往下说：

“晚上你去散步，你会看到在俱乐部绿色台球桌上有两个男人，其中一个是输家，十分烦恼，他坚持要玩下去，直到囊中空空如也。另一个赢家对输家这种样子也很恼火，心里火气冲天。他不等输者有所行动便开口说：‘朋友，你知道吗，你会不会将这钱做成这么一块圆的银币？’他边说边亮出了一块银币。输者摇着脑袋说：‘不知道。’赢者说：‘你还是整一整，把它们一块一块叠起来。’说着，他哈哈大笑着，把桌子上的钱收在一起，一块一块叠起来。

“可是输者不动手，却说：‘朋友，你错了。除了刚才你说的那种方法外，要把它弄成圆的，你知道还有别的方法吗？’‘不知道。’于是他接着说，‘可以按照车轮的圆形，从上到下旋转。我的意思是说，高尚可以到卑贱。’

“输者的观点使我大为吃惊，以至我也拥护起他的观点来，蔑视金钱。”

我的朋友就是这副样子，他像一盆冷水，能平息锅里开水的沸腾。逻辑上无法接受的事情，在他的心里却能够平静地存在。唉！我们在人生的每一个阶段都是孩子，生活玩弄咱们，人生同时也是一场游戏。

朋友开销了所有的午餐费用，饭后十分轻松，我们坐着抽烟、喝咖啡。萨利赫能够使周围的气氛活跃起来，轻而易举地把我带进一个舒畅、乐观的气氛之中，哪怕只是那么一会儿的时间。

他和我谈到了我的那些书，它们和我那轻便的行李放在一起。他说：

“那些书对我写情书一点儿用处也没有。多么奇怪啊，兄弟，很多事情会激起人的灵感，而且表现的方式是各种各样的。我曾经感到自己心情激动，就是说，我想写很多页的信。但是又没能写出来。因此，我想请你口授几封信，每一封信里都写上那么一点儿意思，或者写一点儿情人常常讲的话。如果你说你不会写，或者不愿意和我合作，那么，我改变方法也可以得到所需要的情书。那样的话，就是首先要在情人那里有地位，然后就可以挑逗和进攻了，到第三步你就说声对不起。就这样……就这样……”

我专心地观察着他的每一个感觉器官，他似乎在解决生活中的重大问题。我的实际情况是，对于濒临绝境我心情轻松不起来，我不能用这种方法去对待生活。不过，我可以毫不隐瞒地说，我羡慕这样的人。一个人要是害怕失去寄托，那么他是成功不了的，他的心会羡慕与自己处境截然相反的人，会羡慕傻瓜，羡慕依赖他人的人。

我们暂且不说萨利赫情书的事吧。那一天太阳落下，萨利赫收拾好乱扔在各处的衣服，便出门参加对他来说是十分甜蜜的晚会。我独自留在房间里，心里反复思考自己的事情，看书解闷。

十一点钟的时候，我上床睡下了，并且很快进入梦乡。噩梦又来缠住我，它不管是在白天还是晚上，不管我是醒着还是睡着，始终和我纠缠在一起。它是那么清晰，又那么遥远。有些人的睡眠时而断续，时而深沉，通过睡眠，他们在生命的火焰中却感到很轻松愉快。

我梦见自己坐在父母亲中间，父亲的身体被一件长袍裹着，那件衣服好像是从一个高头大马的人那儿借来的；我还梦见自己坐在火车上，聚精会神地听着邻座的胖子高谈阔论；我又梦见自己似乎去找人说情……反正梦见的不管是什么事，都是一些令人不安和烦躁的活动。

终于，我从沉重的梦魔中摆脱出来。萨利赫开门进来，深夜里的高声叫唤把我惊醒了：“阿卜杜勒·阿齐兹，你已经睡了吗？”

他那结结巴巴的声音，说明他已经喝醉了。他扭亮了电灯，我怔了一会儿，睡意很快被驱散。我注视着他的脸，心里对自己说：“没错，这就是人们说的逃避生活烦恼的方法。他们都是住在地球上的人，这是一条中间道路，也是一条逃避自杀的捷径。但是它值得赞赏吗？不！”

“阿卜杜勒·阿齐兹，你睡了吗？唉……唉……唉……大家都说人一生要睡二十年，然后……然后，朋友，还是死了以后去睡吧！可以睡上不知多少年，睡到连墓穴都没有人愿意去看一眼的时候。我相信，人也许能睡上几百年。因此，我们应当尽量不睡觉……

“阿卜杜勒·阿齐兹，你听我说，朋友，”他从位子上站起来，十分认真地面对着我，我甚至对他感到害怕。他在我面前像演说似的说：

“你到现在还在为你父亲失去的财产而伤心。我，我对你们那种世俗生活不屑一顾。我要把烦恼驱逐得一干二净。我说你啊，你会认为我是个胡说八道的醉汉。你们的那个世界里，尽是死去的妓女，我指的是你面对的那个世界。别问我为什么这么说，我不能告诉你，因为我的脑子里现在全是恶毒的解释，没有人来指点迷津。”

这个可怜的人说完后，身上那种奇怪的锋芒毕露的闪光点即刻消失得无影无踪，而这种锋芒毕露的闪光点在醉汉的脑子里很少会有的。他很快恢复了醉汉的常态，说：

“我回来时几乎迷了路。”

“不这样的话，还要巡警干吗？”我嘲笑他说。

他随即哈哈大笑起来，说：

“如果不是在那家商店里看见了那瓶三十五年的陈年葡萄酒，我就不会这个样子的。对，好，三十五年，我也就活三十五年，还剩十年了。”

我对他说：

“那燃烧的青春火焰会使你情欲大开，一遇到风它便‘呼’地熊熊燃烧起来。”

说到这里，一种忧伤的感觉袭上我的心头。萨利赫一边说话，一边已经把身体摆平在我的旁边了。

“快别这么说了，我瞧不起你们的那个世界。请相信，它绝不会使别人的青春火焰融化掉的，反正我决不结婚！”

说完，他进入了甜蜜的梦乡，似乎枕头把他诱惑过去了。

第四章

朋友早上出门上班去了，像往常每天一样，他走得很晚，甚至顾不上系领带，三步并作两步就下了楼梯。他的办公桌上有一大堆的食物，到了那里，喝杯茶，随便吃点儿什么。

我从旅行箱里拿出父亲让我带来的一封信，那是一个副部长向农业部一名负责官员推荐我的信。我拿着这封封了口的信，不知道里面写了些什么，一个无法抗拒的念头使我偷偷地拆开信，看了里面的内容，然后再把信封上。信封上没有写地址，我已经记住了信里的内容，知道是怎么回事了，这就够了。

看完信无事可干，我又开始发愁了。真奇怪，不知道有些人是怎么想的，虽然我是个居于他们膝下的穷人的儿子，可是我对能认识副部长一点儿也不引以为荣，他有门路为我去说情我一点儿不觉得光彩。我有这样一个信念，相信自己会在今后的工作中做出辉煌的成绩，因为我是个正派的人，完全有希望找到一份令人羡慕的工作。这一点我始终不会忘记。

我感觉到有一种揪心的痛苦，它像一块飞来横石击中身体某个受伤的部位。我甚至觉得自己是个刚从人堆里逃出来的人，那些人都知道我穷困的处境。我简直就像个在众目睽睽之下、在光天化日之中穿着囚衣从牢房里逃出来的囚犯。我在所有的行动中，始终有这么一个想法。因而我不再是个挺胸抬头的人。在开罗市里，我甚至变得比我第一次在农村公众场合下使用叉子的时候更加惶惑不安。

我想把这封信撕掉，不去求人，然后给父亲写封信，谎称我的努力没有成功。可是我敢这么做吗？我们从小受到的教育就是不能弄虚作假，我和我的兄弟们只要有点儿虚假的行为，我们的眼神就会显出躲躲闪闪的神色，我们的行动就会手足无措，这样事情就暴露得清清楚楚，尤其是母亲，对我们是一目了然的。

我一边想着这一切，一边在马路上无意识地行走着。我想象着如果给父亲写一封信的话，那就得瞎编，必须伪造理由。我想象着这么写：

爸爸：

我没有在机关里见到那位负责官员，他每天忙碌于公务。最后，总算有一天傍晚，我在他的家里见到了那位官员。那是在他的花园里，有一个农艺员在花草、家禽棚之间不停地穿梭。但是他让我失望了，职员的大门对我紧紧关闭。我会努力去寻找其他工作的。

这样的信写给一个与农业部那位负责官员毫无关系的人是可以蒙混过去的，然而对于父亲，他像那位副部长一样了解负责官员，对他是蒙骗不过去的。父亲在和副部长的交谈中，不但知道那官员家中有花园、家禽，而且还知道那个人自从妻子死后一直食素，不吃肉，不续妻，不要后代，还知道他的许多与我们无关的事情。

我嘲笑着自己的幻想。头发已经长得很长了，我准备去修剪一下，决心面对人们。我拐进一家理发店，刚在椅子上坐定，头发便由剪子摆布了。剪子发出无聊的响声，它使我忘却了在看一本《一周》周刊时的无聊情绪，而这本周刊在这种地方一般是很受欢迎的。

我应该在这儿停顿一下。提醒你，不管是欢乐还是忧郁，人的心灵全部能够包容。我很忧郁，读了下面周刊上的内容，你便会为我在这个问题上停留这么长时间而不感到惊奇了。

现代自杀问题在城市生活和经济活动中起了奇妙的、令人瞩目的作用。有一个家庭，最后只有母亲、三个女儿和一个还在上学的儿子了。那一天，全家人都在家里，他们觉得父亲醒得太晚了，便打开父亲卧室的门。门一开，全家人惊恐得直往后退。

父亲躺在床上，身体下面的床单已经被鲜血浸染成了酱紫色，卧室地上扔着死者不少的东西。死者的脸像雪一样苍白，满头银发的脑袋耷拉在床沿下，已经没有了生气，像枯萎的树枝垂着。在全家人惊恐的叫喊声和打自己耳光[①]的声音中，大女儿在床边一个显眼的地方看见一封遗书，便把大家叫过来看。她怀着困惑不安的心情念着遗书：

我的儿女们：

原谅我没有向你们告别就这么走了。我感到很孤独，这是一个方面的原因。原谅我把你们吓着了，使你们的心灵蒙上了悲哀的阴影和殷红的鲜血。原谅我突然撒手去了另一个世界。我会在那里把我的亲吻送给你们。

我度过的生命不能算太短。但这不短的生命却把我们带到了破产的境地。我是个愚蠢的人，犹如那种在船上钻了个洞，最后使船沉没的人一样。我已经没有能力使你们满意，也没法照顾你们的前程了。我只能以在家庭的祭台上奉献我的鲜血而

① 埃及人号丧时常有的动作。

聊以自慰。

面对法庭，我用你们手中的这份遗书来叙述一切。我相信法庭是公正的，不仅公正，而且是仁慈的。对于它的判决我会很放心的。我是自己割脉而死的。我的遗体埋葬后，保险公司会支付给你们两千镑钱。有了这笔钱，安拉会给你们出路的，我也因此能得到宽恕。永别了！

一颗沮丧的、疲惫不堪的心灵多么像一件光有躯体而没有免疫力的东西，它暴露出许多毛病，也会导致悲剧，或者说是有了你不愿意有的缺陷。我的目光停留在这则消息上，呆呆地一动也不动。理发师肯定从镜子里面看见了我的样子，便和我攀谈起来：

“他算是自杀呢还是算自我牺牲，或者说是殉难？在我看来，他的躯体是完成了大部分的使命，然后他又自我截肢，以便让身体的残余部分活下来。勇敢的士兵为了不让别人获得秘密，尽早吞下毒药而死去。有人为了拯救出一群被淹的人，自己却被大海吞没了。人和人之间都是有联系的，担保了别人，他的生命也得到了证明。我们说‘民族万岁’和‘家庭万岁’有什么区别？民族是家庭的组合，为了家庭、或者为了民族而死，愚蠢的人们，你们还会说什么呢？”

“说得对！”

“……”

“愿安拉赐恩于你。”

我好像从可怕的噩梦中惊醒过来似的，坐在椅子上不寒而栗。随后我立即融入街上川流不息的人群之中。我对自己说：“我能做出这样的牺牲吗？昨天晚上我对萨利赫说过，醉汉们为了逃避生活的烦恼，他们躺倒在地面上，这么说来，他们比自杀者更低级。我不是曾经嘲笑过那些人的观点吗？他们使我加入了对这种自杀者持满意的态度中去。我认为，我们对于魂在冥府中的那些尸体的判决应该不同于他们在现实世界中我们对他们的判决。有很多事情是我们在事件发生以后，根据自己的理解推测出来的。”

我现在已经无法向你确定我的立场了，完全是这样。读了这周刊的内容后，我心神不宁，各种想法纷至沓来。我不再把工作、薪水看成是一个互相有联系的整体，而是变得只要有薪水就可以了。我看重的首先是薪水，因为我需要钱。是的，我身上的四肢、灵魂的每处都在呐喊、蹦跳：我迫切需要钱来拯救我的家！

我想告诉你的是，我对灾难降临已经不像碰到大象那么感到可怕了。我这样的年轻人被拒于谋职的大门之外，而职业对于年轻人又是攸关性命的，难道还会有比这更严重的灾难吗?

令人奇怪的是，我今天对自己丧失立场这种毫无意义的事并没有感到不安。眼下的问题是我要弄到钱，不管是高尚的还是低贱的工作，这对于我来说是最最重要的。

不一会儿，我把自己已经迈进农业部大厅的脚小心翼翼地抽了回来。我对自己的形象忐忑不安，大厅里那锃光瓦亮、滑溜溜的地板使我走起路来一溜一滑的，我的双脚站不稳，就像走在泥泞之中。

随后我想象那些吹着口哨的人们在嘲笑我会摔倒，我还猜想他们正站在紧闭着的漂亮大门前有序地进来。我当学生的时候，还从来没有看见过这种地方。在这一刹那，我想起了古老的埃及博物馆和庙宇，它们的每一扇门前的两边，不都是有一个或者两个雕像竖立在那里吗?

我把手插在上衣口袋里，像握住通行证那样牢牢地抓住那封信，随后畏畏缩缩地走近坐在那里的一个人，向他打听我要找的人。那个人正坐在那里，留着长长的胡子，他回答我说：

“他在部里！”

他很快扔出这么一句话，显然想快点儿结束工作。

“我有一封信要交给他。”

“他在部里，先生！”我不知道自己竟然没有对他微笑。

我转身走过地板油漆过的大厅往回走，我已经不害怕摔倒了。我相信这地板即使是用冰块做的，我也能够轻巧地走过去了。我想呼吸大街上的空气。安拉是多么保佑还没能掌握自己命运的人。

我在附近一个大娱乐场里呼吸着那里散发出来的芳香和湿润的空气。我沿着脚下的青草地往前走，然而思想的步伐老是停留在一个问题上。我对自己说：“难道就不能委托这个人把信转交给他吗？难道我的目的意图是写在额头上的，人们不加注意就可以知道的吗？不过，我最好是在这里等上一小时，在他有空时再去找他。”

于是我买了一块糕点，坐在草地上当午饭吃。我抖掉落在衣服上的芝麻，然后拿出烟来抽，决定抽完这支烟再去一趟抬头就可以看见的农业部。可是抽完烟后，我却没有挪动地方，而是注视着树影，椰枣树的影子在公园的地上从这儿慢慢移到那儿。影子并不浓重，这给了我一个启示：世界上总会有人类存在的，哪怕他们只创造了影子，人类就是这个样子。

我的脑子里马上拟好了一封给父亲的信。我要告诉他，那位负责人在部里一直很忙。想到这里，我无奈地笑了起来，自言自语地说：“也许通过这件事，我也变得狡猾了。”

我一直在为去不去部里找那位负责人做思想斗争，这两者相持不下，就像一根皮筋在我手中越拉越长，什么时候失去了弹性，也就绷断了。最后，还是去找他的念头在我的脑子里占了更大的比重，因为我告别家人时的那幅令人伤感的景象又浮现在脑海里。在那昏暗的灯光下，我看见父母亲的脸上满是希望的神色。我心情沉重地向办公楼走去。当我刚刚迈进农业部大院，便听见有人叫我的名字，顿时我有一种十分亲切的、犹如在森林里迷路后听见人的声音时的感觉。可见我是多么的孤独寂寞啊！我循着声音望过去，发现原来是一位和我同届毕业的同学在叫我。我欣喜地迎上前去和他打招呼。我们交谈起来，从他的口中我得知他正在埃及当一名农业工程师。他紧接着问我：

“你现在怎么样？”

“到眼下为止，我仅仅是一名农学院的毕业生。”我回答说。

“现在找工作都是要有人介绍的，你这么单枪匹马盲目地找，能行吗？”他问我。

“但愿安拉佑助我成功。”

接着我们握手告别。

那位听差还坐在大厅的椅子上，不过已经不再摆弄他的胡子了，我的心情也比第一次来时好多了。我向他走过去，他却没有朝我看。不过，当我的脚步声落在他身边时，他对我注意起来。

“请问，部里下班了吗？”

“下班了。”

“我想见见贝克。”

“明天来吧！”

“为什么今天不能进去见他？”

“他已经走了。”

“谢谢。”

噢，我的父亲啊，你想按照你的意愿亲手塑造我，你让我离开感情的天地，让我走出文学世界里的那个迷人天堂。然后又把我推进充满气味的作坊里，推进有庄稼和虫子的农田里，最后从那里走出来的我变得乏味和畸形，既不是农艺员，也不是文学家。就因为这一点，父亲，你没有为我广开生活之门。

第五章

我要放松一下，哪怕是无奈的放松，因为希望成了我的一个沉重负担，压迫着我的精神，我像个将要受到严厉惩罚、但又不知道要被惩罚到何种程度的人，急切地盼望着法官开口宣读他的判决。

黑夜吞没了我。我站在一所漂亮的房子门前，向门卫询问他高贵的主人。这一次，门卫显得出奇的好，他不等我开口就问："你有名片吗？"我赶紧把随身带的信递给了他。他接过信就走了，没多久，他出来对我说："请进。"

我踏上台阶，身心沉浸在痛苦之中，因为我想象着那个官员看了副部长的信后，会用一种同情、或者是鄙夷的目光瞥我一下。我知道会是这个样子的。我想说的是，我一次次去找他，但绝不是心甘情愿的。我不管受到同情的、还是粗暴的对待，在我看来都是一种糟糕的解释，因为我是个穷人。

我进门时，那位官员脸带微笑接待了我，这使我的心里得到了一丝安慰。刚进屋时，我的脚被铺在地上的地毯边绊了一下，差点儿摔倒。他回答了我的问候后，没有客气地和我握手，而是指了指边上的椅子，示意我坐下。

我没有稳稳当当地坐着，而是挨着椅子边坐，就像一个急着要走的人坐在那里。我的神经绷得紧紧的，竭力不让自己烦躁不安，不让自己到嘴边的话结结巴巴说不出来。我成功地做到了这一点。那官员瞥了一眼仍然捏在他食指和拇指中间的信，然后转向我说：

“孩子，副部长并没有对我们提出什么要求，然而他完全有权力命令我们，他对我们做出指示，我们都会为他效劳的。”

我的心怦怦直跳，高兴得几乎要哭出来了。但是我的眼睛还是没有离开他。我沉默不语，注视着地毯上的彩色图案。他继续说：

“是的，我们都会为他效劳的，不过，对于信里提到的事情，我喜欢坦率地告诉你。”

“请说吧，先生。”我说着，失望的阴影爬上了心头。

“副部长没有明说什么，就连如果正好有个空缺位子，你来了让你干、或者要求我在一个时间里给你找个工作这样的话也没有说。”

“先生，如果我没有理解错的话，他是后一种意思。”

“这很好，”他笑着说，“但这是个不现实的方法。在这样的情况下，我们最好是花点儿力气去寻找一个空缺，为这个空缺去努力。孩子，这里还有个时间问题。我的时间不是属于自己的，就像你知道的那样，它是属于国家的。工作、部里、出差，不是这个事情就是那个事情。今天要不是我有点儿不舒服晚点儿回家的话，你根本就找不到我。你的运气还算不错。”

我听完这番话后马上站了起来，拿出不是一般性的勇气，也许因为是失望，所以我敢在临走前这么问他：

“能请先生开导一下吗？我们三个人中间谁去寻找空位子最合适？是我，还是我父亲？或者是副部长阁下？”

那个人用有些愠怒的目光望着我，他快要发火了，但是我又让他发不出来，因为我甘愿他把我看成傻瓜。他说：

“这件事情两方面都可以做，就像你认为的那样，只要你们愿意的话，你们可以做你们的那一部分事情。”

“谢谢。”我说。

我转身逃出了他家的这间屋子，就像我当时逃出农业部大厅时那样。我多么想呼吸新鲜的空气啊！

我在回家的路上，顺便捎回了晚餐：三四块从市场上买的鱼、饼、一把水芥菜。我坐下来平静而又津津有味地吃起来。我心情坦然，就像在牢房里的那些认为最多也就判死刑的囚犯那样吃着饭。房门没有关紧，一只野猫拼命从门缝里挤了进来。它站在离门不远的地方，一次次“咪——咪”地叫着，不肯离开，好像在请求我的原谅。野猫见我没有呵斥它、也没有阻止它靠近我，便做出一副可怜巴巴的样子对我摇头摆尾，把它光滑的身子舒展在我的脚边。我从自己的晚餐中省出一小块鱼片扔给了它，它很快就吃完了。当我也吃完饭的时候，它一跃跳进了我的怀里，躺在我的大腿上，发出“咕噜、咕噜”的声音。我用手温柔地抚摩着它的脑袋和身上的毛。

原谅他们，原谅那些宁愿与颜色光亮、皮毛柔和的动物在一起、而不愿意与人为伴的人们，他们的精神肯定很久以来就是孤独、压抑、或者是受过别人伤害的。我就是在这样的处境中。晚饭后我抱着猫以求得到安慰，准备和猫分享任何意外的快乐。

随后，我逃进了书的世界里，那世界正像火车上那位朋友描述的、而我又不相信的那样：“它是一个蜡制的、或者是黏土做的苹果。”

我发现许多具有历史意识的人，他们的名字很早就为人类树立了导航灯塔。他们久久地站在荣誉的台阶上，羡慕前人的业绩，然后一次次努力，最后脱颖而出，随之他们的地位在短暂的一瞬间变了。我们看他们都是优秀者,这没有什么可奇怪的,奇怪的是有人在这之后说:“他们为什么不是一开始就这样呢? ”

有这么一个朝气蓬勃的年轻诗人，他带着自己的短诗集去找一个杂志的主编。当时他是带着一种惭愧的心情极不踏实地走进杂志社的。他递上自己的诗集，羞得满脸是汗。过了一段时间，他又去找主编，想听听他的意见。文学家、杂志的主编对他说 :“孩子，你的创作手法在我们当今时代精力充沛的诗歌创作者中是没有的。它是个怪胎，不是同一人种的夫妻所生。孩子，我奉劝你按照一个已经有名气的诗人的路子走，模仿他们，听听他们的调子，这样对你是有好处的。”年轻人急忙取回了诗稿,痛心疾首。他拿着稿子回到家中,一路上擦着泪水。他想 :“我心里的感觉都被掏空了。”他一跨进家门，就用一把火把稿子焚烧了。他望着燃烧的火焰，脸色苍白，泪水涟涟。

还有这样一位小说家，出版商和类似的那些人退回了他创作的八部小说。于是他把稿子全部堆放在小小的写字台上，让它们蒙上遗忘的尘埃。他发誓说，他写完第九部描写他遭受失败痛苦的小说后，就搁笔不再写作了。

人们这么说他 :“唉，叛逆者。”于是他从一个地方逃到了另外一个地方。

最终的结局是，社会对所有这些人，先是紧闭大门，然后又伸手向他们敞开大门。历史欢迎他们，记载了这些伟大的人物，用不朽的笔记下了那些精英的美名。不多久，人们怀着悲切和痛苦的心情把他们中的某个人送进了坟墓，回过头来又享受他遗留下来的智慧。同时，人们的眼睛渴望见到他的形象，于是就为他竖起了一座雕像。

我暗自对自己说 :“这是每一个天才的故事，没错，竖立在世界各地广场上的每座雕像都有这么一个故事。在社会中，有一大批人很相像，他们被阻止、被证明、被躲开，然后才进入一个对他们来说也许是无止境的领域。”

这时候，似醉非醉的萨利赫走了进来。我们互相问过好后，他突然对我说：“你这个家伙，我看你以后还对不对我说你不懂得爱情。我觉得你真的很爱她。”

“我爱上谁了，萨利赫？”

“爱你的情人。你不用说她是你的表妹，但你们长得不像。你也不用说她是个在马路上迷了路的陌生姑娘。”

“不，我说你喝醉了。”

“我没有醉，你说的不对，因为我对她的面目一直是那么清晰：湛蓝的眼睛，甜柔的声音，那么细巧，那么温柔……”

我眼睛望着地下，笑着对他说：“我在和野猫谈恋爱呢！它分食了我的晚餐。萨利赫，我一直感到奇怪的是，那些无力解决生活问题的人，都能通过恋爱这个方法填补心灵的空虚。我在书中看到许多艺术家，他们在谋生的道路上受到挫折，便用爱情来浇灌他们永恒的天才；于是天才得到发挥、开花，吐出时代的芳香。而我呢，目前是要解决家庭缺钱这个灾难。我认为，即使我碰上了爱情，我也会唯恐避之不及。

“我是个心地善良的人，任何细微的感觉都能穿透我的心。当学生的那些日子里，像我这样的人都是精神恋爱者，把邻座或者偶然遇见的人作为对象，随后就毫无明确目标地过日子。等到爱情消失后，你就要讲面包了，最后把爱也忘记了。

“我可以反复地说，我的爱就是爱家，其他的爱我都抛得远远的。”

“唯我主义者万岁！”萨利赫说，“唯我主义者是最轻松的。”

“如果你把生活在自己领域里的人说成是唯我主义者，那么，你对唯我主义者的理解就错了。”我说，“因为他的心里只想着自己，那完全是他自己的世界，他要很好地实现自我。反之，他就坐上了毁灭的船只，那就要称自私自利者，这是一种邪恶。

“我的唯我主义在于想使我的家庭生活得好一点儿，我的唯我主义还在于想给我的朋友帮助、想让我国的军队可以抵御另外一个国家。在这些方面我都是自私的，因为自私出自于人的本性，又直接或间接回报于人。因此，我对友谊、亲情、民族，都理解为唯我主义的形式。而你却排斥了它的含义，把它限制在一个新的狭窄的范围内。为了让你对事情更加明白，朋友，我要明确地告诉你，我的唯我主义还接受人道主义。我即使是个唯我主义者，我还要爱所有的人，爱所有的同胞。可是你能这样吗？”

第六章

我在开罗住了三十天。在这期间，我把自己处境的真实情况和那位官员劝我的话告诉了父亲。我在信中对父亲说："你不该为我的生活操心，我自己会做安排的。"父亲来信说："最近这些日子副部长阁下很少去开罗，因为他必须亲自监督秋收。等所有的农作物都收上来、卖掉后情况就会好起来的。他会帮忙给你找个空缺位子的。"我在看这封信时对自己说："这明明是在骗人！"尽管这样，我和父亲还是愿意对他寄予希望，这就像我们对星相家和看手相者寄予希望的心情一样。我们心里即使明明知道他们都是在骗人。

我的口袋开始提醒我，钱在一点一点地少下去，里面已经所剩无几了。我的朋友萨利赫，是个会对朋友倾囊而出的仗义人，可是我决心不让他为我的事情加亘负担。如果我们相遇在吃饭的时间，我会谎称自己刚从外面回来，已经在外面店里吃过饭了。他吃饭的时候，我的肚子也许正是空空如也，但是我竭力克制住自己不朝他看，不让自己的唾液分泌出来。我被内心的羞愧炙烧着，而体内那种活生生的欲望却又不是意志所能轻易战胜的。于是我立即去忙于某一件事，离他远远的，一直到他吃完饭。

我忘不了那一天早上，朋友出门上班后，我也随之离开了那个屋子。我觉得自己的心有一种被针刺般的疼痛感觉，就像是一个高尚的人被迫去犯罪时那样的感觉。我的手臂里抱着一个大纸包，左顾右盼地走在大街上。最后我来到了一家书店，当着书店老板的面打开了纸包，眼睛对他抬也不抬一下。这时候，我突然想起那些书的扉页角落上仍然写着我的名字，于是我快速地把有我名字的那些角撕去。我的手在颤抖，我的心几乎要碎了。唉，这对一个爱好文学的人来说，实在是太残酷了。这时刻，我仿佛觉得自己是个掘墓人，是一个扒死人衣服的卑鄙者。

那人用极内行的目光看着我的那堆书，毫无疑问，在我之前，曾经有很多人接受过他的这种目光。他把书一本一本翻来覆去看，然后用唱歌那样的语调说：

“这本书在我的仓库里还有一大批呢。这本嘛，因为作家的名气不是特别响，所以不畅销。这样的，朋友，现在诸如此类的印刷品有上万种，把市场都快淹没了。如果我收下你的书，价钱不会高的，你看着办吧！”

说完，他离开我去关照前来询问买书的人了，接下来又走到在书店里面的一个助手那里，向他发一些指示。他在确定卖价。我没有离开那里，也没有说一句话，一直等他空闲下来。他又过来对我说：

“先生，怎么样？”

我盼望着尽快结束这种糟糕的场面，便说：

“你看着办吧！”

于是他付给我少得可怜的一点儿钱，但它能够填饱我的肚子。我把一本名为《庭院》的书拿在手里翻来翻去，心里说：“精神和物质完全是两回事，头脑和工具也是两回事。当初我为充实头脑买这些书的时候，并不认为价钱高，今天我为了填饱肚子，卖了一点点钱也满足了。我卖掉了天才们的遗产去换回一块面包、几块鱼和一把水芥菜。”想到这里，我情不自禁地叹了一口气。

这样的事情以后再也没有发生过。卖掉那些书，我是在考虑了整整一个晚上之后才下的决心，整个晚上我反反复复地翻着书，心神不宁，完全像我们在进考场前的几分钟不停地翻书那样。第二天早上，我的决心和书都经受了一场残酷的考验。我的心不准备再一次承受这种残酷的考验了。

日子在沉闷的气氛中过去，我像一艘偏离航道的轮船，还没有改变自己的航向。难熬的夜晚和滞重的白天都显得那么漫长。我故意让自己把每天大部分的时间消磨在图书馆阅览室角落里的那张椅子上。我看书，也看人们的面孔，显得像个外星人。有一天，当我从图书馆回来，走在马路边一条拥挤狭窄的小路上时，迎面过来一位大学里的同学。此刻我的脑子里闪过这样一个念头：“装作没看见走过去算了。”因为不管碰见哪一位同学，我都感到无地自容和手足无措。然而我还没来得及这么做，他已经看见了我，朝我迎面走来。我们问过好后，他把我拉到人行道上想和我做长谈。他笑着问我：

“你好吗？这些日子在干什么？”

“兄弟，我至今还没有找到工作，就像你已经看见的那样。职业的大门对我们这种人是紧闭不开的。单身汉们都说，别去找职业，不如冒点儿风险干自由职业，这样对年轻人更有好处，可是资金在哪里呢？”

“是的，资金是个问题。不过，你别灰心，那些有钱有权者，他们可以在当官还是干自由职业中进行挑选。多数人会选择当官，因为权总是围着官转的，不会围着自由职业转。这样的话，我们既没有职业，同时又没有钱。朋友，这是多么大的差别啊！我在像你一样无聊的日子里，情况比你好一些。我总是在做美梦，梦醒过来便是痛苦。”

说到这里，他亲热地捏了捏我的手，对我说：

“听着，兄弟，有这么一份工作，不过，是临时的。我的意思是，工作能够打发时间，贴补生活需要。这种事情对我们这样不够成熟的人来说是被逼着去干的。”他开始笑起来，“如果明天我已经从庄稼地里回来，你可以去找我。”

在这段短暂的时间里，我一直低着脑袋不说话。这时候，我才抬起眼睛望着他，说：

“好的，谢谢，我会来找你的。”

早晨姗姗来迟，我总算捱过了这一个夜晚。不知怎么的，新的忧愁又困扰了我，因为朋友没有告诉我报酬是多少，我自然也不好意思问他。我做了一个最低的估计，然后开始划算开支。我如果给家里一点儿生活费和抚养弟弟妹妹们需要的钱，那么我在城里的开支钱就不够了。我发起愁来，不过即刻我在心里把工资提高了一两镑，重新再算一笔账。就这样，我一会儿加，一会儿减，一会儿松一会儿紧地计算着，直到瞌睡征服了我。

太阳升起的时候，我已经出了城，走在一条窄窄的乡村土路上。那条路穿过农田，通往一个农产品加工厂。那里有一座华丽醒目的白色建筑，我像着迷似的直冲着这幢楼而去。我想，如果我进了那里，那地方也许就是我生活的转折点，哪怕是暂时的。我保证从一开始工作就节衣缩食，不再做抱着一堆书去卖给那个贪心书商这样的事了。我保证会拒绝哪怕是超出我一点点开支的事情。还有……

我很快结束了自己漫无边际的遐想，那个繁忙的工厂近在眼前了。每天一大早，这个工业区就忙碌起来。那儿放着许多奶粉罐头，有人扛着一箱箱的苹果往里走。我对这些都没有兴趣，我也没有去注意那些徒弟们正在往外搬铁箱、纸箱和饮料瓶。我的脑子里只在想老板的模样。他见了我，大概会和我聊聊的。我刚在向人打听我昨天碰见的那个朋友时，便看见他飞快地朝我走来。他穿着一件亚麻布的外套，罩在衬衫和西裤外面。

他陪着我往里面走，到了一间有旋转门的屋子门口，他叫我站在外面等一会儿，自己走了进去。过了一段时间，我也记不得大约过了有多久，然后门开了。我那位高挑、瘦削身子的朋友来到门外，他的嘴角上挂着微笑，我一目了然，知道事情很顺利。

朋友刚随着旋转门站定，立刻对我说：

“现在你可以进去见他了。我劝你，不管他说什么，你全盘接受，即使说是临时性的，你也接受。接受后，我们再看情况拿主意。”

我轻轻敲门后走了进去，出现在眼前的这个人，脸上还残留着黄油和果酱。他那滋润、柔嫩的脸足以骗过你，使你觉得他只有三十五岁，即使你已经一眼就看见了他头上有丝丝白发、眼睛下面有细细的皱纹，知道他有四十五岁左右了。这些都无关紧要，只要他有笑脸就行了，没有进门之前，我的心一直是空落落的。

他一看见我，不等我向他问好，便先和我打招呼。我刚坐定，他就按铃。门立即被推开,进来一个侍者,他吩咐给我备咖啡。不瞒你说，我受到这样的礼遇，心里十分高兴，因为我太需要得到一点儿平等的尊重来支撑我那快要毁灭的人格了。他开始和我谈话，脸上带着微笑，说话和和气气的。

“我希望首先把你应该享受的工作待遇问题讲清楚，不要等到有了问题责怪我。我没有要贬低你的才能或者鄙视你的文凭的意思，不过，实实在在地说，我们不太注重文凭。有些人工作有经验，能熟练摆弄机器，他们的能力比有文凭的人强得多，可是他们不要求得到像农学院毕业生那样高的工资。

“这是一个方面。另外一个方面，你也看到了，整个世界都面临着经济危机，政府部门只好紧缩招收新的公务人员的名额，而大批的毕业生却源源不断……”

“是的，是这么回事。”我附和着说。

“尽管这样，我还是欢迎你来工作。你的朋友已经向我介绍过你的品行和真诚，我表示同意，当即就定下了报酬。”

他停顿不说话了，两眼的目光久久地停留在我的脸上，一动也不动，好像在等待我问他：“那么是多少报酬呢？”但是我没有这么做。于是他脸带笑容，从嘴里蹦出了那句令我全身颤抖、寄托着我全部希望的、我只得接受的话：

“六镑怎么样？”

“谢谢你，先生。我没意见。”

“你能接受我很高兴，从现在起你可以去工作了。”

在我的一生中，在我的生活中，这段日子是我既没有多少收入，又不算失业的日子。我是个富有个性的人，不喜欢这样的生活。每天晚上，我总是拖着沉重、疲惫不堪的身子回来，最后总是用看书来使自己的精神得到解脱。晚饭后，我就迫切渴望躺倒在床上，上床后却又辗转反侧，久久无法入睡。

夜深了，我担心着我那即将回来的朋友萨利赫。我们两人，他从世界的这一边看我，我从世界的那一边看他，我们各自都有独立的思想，谁都没法给予朋友精神上的帮助。

我的一生中，从来没有过一个我可以指望从他那儿得到指点或者帮助的朋友和亲戚，因而我一生都是个孤寂的人。

就因为这样，岁月的沉重压迫，使我感到自己必须用斧子在岩石重叠的山坡上开辟出一条通向未来的道路。这是一段平静、毫无变化的日子，在很多的时间里，我的心灵中有一种忧郁、烦闷和恐慌的感觉。我甚至变得渴望有意外的事情发生。不管是什么样的意外，哪怕是坏事，我都希望发生。你能想象出我的这种心情吗？

不瞒你说，当老板付给我一个月工资时，这个暂时的喜悦，使我心田的每个角落都震颤起来。我们从工厂里拿来的黄油、奶酪、果酱，这些都是算入生产成本的。不管怎么样，这些东西我在吃午餐时都可以享受，于是我的开支便省下了买肉的钱，我给家里寄的钱也可以多一点儿了。

白天和晚上平淡无奇，丝毫没有变化。这样的日子我过了有五个来月，也没有什么事可值得我回忆的，我好像已经远远脱离了生活的旋涡。那里的一切都让我感到厌烦：工厂里的机器声；每天我随着太阳升起醒来，晚上踏着月光回家；我在同事中间不再像个陌生人；我甚至对奶酪和果酱也感到了厌烦。我的朋友萨利赫的生命在一步步走向末日。他认识了一位自称是艺人的女子，他向我发誓说，他爱上了那个女子。

那一天晚上的事情，我一直能够回忆起来，因为它是我们两人在一起的最后一个晚上。对于我来说，它结束了我在开罗的居住。对我朋友来说，结束了他自白自在的幻想。在他认识的所有姑娘中，这是他初恋的姑娘。姑娘十八岁，由于家境贫寒，不得不去舞厅里工作。舞厅里灯光闪烁，弥漫着浓重的酒味，醉鬼们的头上烟雾缭绕。这个姑娘处在贫穷的边缘，她肯定在很长的时间里是不顺意的。当一张张脸对她绽开笑容、人们纷纷对她慷慨解囊时，她对披着人皮的野兽们充满了仇恨，对社会也充满了仇恨。我还是别太多地向读者唠叨这个姑娘的事情吧。总之，这个姑娘的气质不同于她那个行当里的人，她好像是一尊雕像，我的兄弟萨利赫被她迷住了。那一天晚上，他头发凌乱，粗着脖子对我说：

“兄弟，一个人在一生中能够拯救出一个陷入错误泥淖中的灵魂就不错了，不管她犯的是什么错误。我爱她，她也爱我。虽然我肯定驱除不了她深受的恶习的影响，但我要让她回头，走一条光明大道。”

他说话的语气开始平静了，但是我知道他的心情，便说：

“这些人是不会恋爱的，萨利赫。”

“不，这你就不明白了，去掉心灵上的伤疤，就像摘掉两个扁桃体一样。”

“可是对你来说，回头是最安全的，我害怕她的手比你的手更有力量，结果反倒把你拉进了泥淖里。”

他笑了起来，笑得合不拢嘴，他嘲笑我这种悲观情绪。我们的谈话又转入其他的事情。这一夜，我们两人一直没有合眼，而他必须早早起床的，因为他已经打定主意，回老家去卖掉那里的一部分旧房产。

第七章

那天早上，我去农产品厂上班，刚到那里，就碰见了我的那位朋友，他手中拿着当天的报纸。我们两人一同看了一则广告：

诚招有学历或有专长的农场管家，有经验者优先。凡符合上述条件的个人，欢迎应聘。

我们同时从报纸上抬起头来，然后用询问的目光望着对方。我问朋友：

“你觉得怎么样？”

他失望地耸耸双肩，对我说：

“有经验者优先。”

我接着说：

“依我看，我们不是不可以去试试的。不过，你已经把我带到了这个地方，我再离开你，就很自私自利，不高尚了。”

然而他回答我：

“不，朋友，这事情不能像你认为的那样是自以为是、自私自利。招聘广告就像药品广告那样到处都是，没有一点儿价值。不瞒你说，我不愿意离开开罗住到别处去。在这里拿六镑钱要比在农村拿十镑强。我们住在父辈们中间，他们是支撑我双肩的灵魂。我没有见过农场还要什么管家的。这里那里都是黑暗，我已经习惯待在黑暗中了。你啊，还是自己看着办吧！”

我立即来到老板办公室，向他请了半天假，回到住处吃过午饭，休息片刻，便上路朝着广告上写的那个生活区走去。去郊区的火车载着我疾驰在大地上，我把头倚在椅子边上，眼睛注视着周围的乘客，把他们想象成都是去应聘的，还想象着火车到了郊区后车厢里空无一人。我盼望着有意外的事情发生，就像我前面说过的那样。为了这一点，我心里毫无惧怕之感。

告别长长的列车，眼前展现的是一望无际的田野。在四月的阳光下，一幢幢独立、豪华的建筑屹立在那里，只看见孩子们在院子里玩耍，水里散发出肥皂的香味，根本没有看见猫群争吃鱼骨头的情景。我感到自己置身于一个陌生的地方。

我在一家食品杂货店门前站住了，向里面的人打听要找的那个花园的那条街。那个人向我形容了一番，我认定是那个花园后，便径直走过去，直到眼前出现一幢隐没在大花园内的小房子，小房子简直就像一间小草棚隐没在农田里一样。我看见门上有一个标记，指引找农场主的人如何走。这真是一个少有的现象。

我已经在接待室里了。花园中间有三间独立的住房，住房前面有个敞开的接待室。接待室里聚集了大概二十个人，我不知道为什么没有一个是我的同学。这时候，我想起了农产品厂里那位同学说过的话，所以我想说，也许他们都是展览品。我们全是一些年龄不同、服装各异的年轻小伙子。我们中间有人穿着西服，有人穿着本地服装，还有人着大袍、披外套。我们都坐在椅子上，眼睛望着周围的人，心里在说："谁会被挑选上呢？"我旁边坐着一个老人，年纪大约在六十岁，穿着一件条子型的羊毛长衫，有点儿往前冲的脑门上缠着一块不大显眼的头巾。他的两颊由于掉了大牙而深深地往里陷，手里握着一根乌木拐杖，不时地往地上敲敲，以便提醒坐着的人安静点儿。他靠近我问：

"孩子，你也是来应聘管家的？"

"是的。"我羞涩地回答说，好像是来乞求一件不合法的事情。

老头接着又问：

"那么，你自然是有学历的啰？"

我点点头。这时候，有个坐在别处的人走到我的旁边，他有一副强壮的体魄，脸上一副严肃的表情，你一看见他就会想象到他的胃已经消化掉了二十个农场的出产物。他用一种挑衅的口吻对我说：

"最好是有经验者，这是毫无疑问的。"

他这么一说，在座的人开始骚动起来，大家都开始说自己的长处。我一直静静地不出声。

沉闷的等待总算过去了，这时候，我看见花园里的小路上有一个年迈的老人正慢腾腾地向我们走来。他的身后跟着一个不超过十二岁的小女孩儿。女孩儿有一两次停下来摘花，然后又快步跟上。这两个人朝宽阔的大理石台阶上迈步，我们所有的人都站了起来。他向我们点点头，然后走进了屋里。

我们中有人开始坐在椅子上焦虑不安，有人站起来走到外面去呼吸新鲜空气。我身边的老头儿又在用拐杖敲地，那一声声清脆可怕的敲击声，实在让人的神经受不了。我仍然毫无所动地坐在那里。

我们顺着座位次序一个个进屋去。过几分钟后进去的人又出来了。我们这些人，出来时如果嘴边挂着微笑，那么显然他认为自己被选中了，随后他会向别人打招呼，或者就一声不吭地朝着花园里那条通往外面大门的路走去。

一直在盼望着进屋去的我，当轮到离开座位去见先生时，心怦怦地跳个不停。

我迈着步子腼腆地进了那间宽大的屋子。一进那间屋子，我便明白这是一个小书房，屋子中央摆着一张长桌子，墙上挂着一幅呢绒的田园风景画，书桌上凌乱地放着几种杂志，这说明主人在午饭前还看过杂志，也许用人忘记收拾好了。这时，老人坐在桌子前面，他的旁边是那个小姑娘。小姑娘手里握着笔，面前放着纸。我看了她一眼，我想告诉读者，她简直就是个洋娃娃：脸颊两边的皮肤红扑扑得像玫瑰，尽管她已经不小了，脸还是柔滑得像水流过那样；她的脸是椭圆形的，雪白雪白的皮肤，充满了活力；一双眼睛虽然显得很疲惫，却是那么清纯和安详；柔软的头发散披在肩上。在我看来，她是那么文静：甜甜的声音，细细的身材，软软的手指。

啊，我的感觉是在自己家里，是在我很亲近的人面前，是在一个我热切盼望的地方，是在一个学者的书房里，是在一个文学家的家里。而那个广告中，除了住宅的地址外，别的什么也没有写。

我把椅子拉到桌子的另一个方向、面对他们俩的地方，我的眼睛开始盯着面前的书转动起来。我竟不管自己的处境，在一瞬间浏览了那些书的书名。然而，那位先生竟露出快乐的微笑，他用略微疲惫的口吻说：

“你很有兴趣吗？”

我全身的血一下子涌到了脸上，脸变成了棕褐色。羞愧烧灼着我的感情，我不禁脱口而出：

“对不起，先生，随便看看。我情不自禁多看一眼，然后去告诉我的朋友。”

“你是农艺师还是文学家？”

“这是两种并不矛盾的食粮，一种是身体需要的，一种是精神需要的。托尔斯泰[①] 把笔和斧子合为一体；巴鲁迪[②] 精通诗歌和运动，吉扎尔能平衡肥胖和诗歌。”

先生听罢哈哈大笑起来，眼睛里射出怜爱的目光。他问我：

“孩子，是什么让你走农业这条路的呢？”

我的喉头几乎哽咽了，脑子里立刻出现了父亲那痛苦的情景。我眼睛一眨不眨地向先生投去呆板的目光。我多么想对他倾诉一切啊。但我还是很快恢复常态，无所谓似的说：

“没什么原因，先生。只不过是我们的父辈要我们自食其力罢了。我今年刚从农学院毕业。”

“如果让你自己选择前途的话，你会不会选得比这更好？”

他扯到这样一个问题上，我感到奇怪。不过，我还是做了回答：

“也许是这样。”

“你相信机遇吗？”

我停顿了一会儿，脑子转了一下，说：

“这种事情就像气象预报，也有预测错的时候。一有突发事件，你就只得去修地球，围着土地转。我今天看到了你们的广告，这不纯粹是个机遇吗？”

“很好，孩子。我们来安排一下吧，你干过什么工作？”

“没有。”我自认为很高尚地回答。

“那你得有思想准备，住在农村不会觉得厌烦吗？”

“我是农民的儿子。”

“月薪十镑，你同意吗？”

“同意。”

---

① 托尔斯泰（1828—1910），俄国作家、改革家、思想家。

② 巴鲁迪（1838—1904），埃及诗人、政治家。

“你喜欢按照自己的打算在地里种点儿什么吗？”

“我没有这个需要。”

“谢谢，我们就到此吧！”随后他靠近女儿说：

“莱伊拉，写上他的名字和地址。”

说罢，我们握手告别。

我一走出大厅，便看见还在等待中的人们的脸上露出急躁不安和厌烦的神情，因为我在里面的时间大大超过了别人进去的时间。我立即走上花园的草地上那条通往大门的路。

太阳还悬挂在当空，离地平线有三英寻[①]这么高。我走在郊区的马路上，朝着火车站去。我的脑子里又回忆起刚才和农场主的那场对话，感到心情舒畅。他提出的要求，我甚至都能理解了。我又回到了自我感觉良好的状态中，觉得自己在生活中比那些人幸运，哪怕我得到的只是一些暗示。那先生一开始就没有对我摆出一副救世主的姿态，而是让我倾吐应该倾吐的苦衷，就像病人向医生叙述痛苦那样。我坐火车回开罗，又度过了一段很长的时间。我把头靠在椅子的后背上，眼睛望着车厢顶上的电灯，心里盘算着：“一个月十镑，不错，十镑。在那儿不用交房租，没有城里的那些开支，我又不会乱花钱，有个五镑就足够了。剩下的五镑给家里。另外……”最后自己笑了起来，停止了遐想，这些全都是在空想之中！这个晚上，我不用为朋友萨利赫担心了，他已经回老家去了，去筹钱加固他新的爱情，爱情是要用金钱来浇灌的。因此，没有人可以把我从梦想中拯救出来。那一天晚上，我整夜都在做农场管家的美梦。梦中我在下命令，在通知什么，一会儿又在耕种，然后又收获了……就一个晚上，我把一年要做的事情全做完了。

第二天，我早早起床，毫无食欲地往肚子里塞了几口我们厂里做

① 1英寻约等于6英尺，约合1.8288米。

的糕点，然后去工厂。我到厂里第一个碰见的就是昨天和我一起看广告的那位同学，他正急切地想知道消息。寒暄过后，他用我十分反感的语气悄悄地说：

“喂，让我现在起就称你为管家阁下吧？”

“不用这么急，朋友，我还一点儿没有那里的消息呢。事情的全部经过也只不过是把我的名字和地址留下了。”

他对自己的理解扬扬得意，说：

“可能你说得对，唉……唉……也许他们是开开玩笑的。”

我点点头表示同意他的意见，然后我们开始干各自的活儿了。

事情就是这个样子，在同一个桎梏中遭受苦难的伙伴，谁要是想挣脱桎梏，离开伙伴，那是很不容易的。

一个星期过去了，萨利赫回乡还没有归来，我也没有收到什么信件。我开始回想那天愉快的情景，心情不禁激动起来。短暂的平静过去后，我几乎又回到了那种压抑的情景中。那一天我工休，没有很早起床，我们的工休是自己随意的。邮差来敲门了，他像往常那样把门敲得砰砰响，整个楼梯都有回声。我听见有人叫我的名字，便从床上一跃而起，光着脚就往外跑。我穿着遮羞的睡衣，顾不上有几个台阶，一下子从上面跳了下去。我根本不相信会是从那儿来的信，只想到也许是父亲的来信。可是当我确确实实看到信封上的落款地址后，我的疑虑消失了。我的手指拿着笔很不自然地签了名，好像第一次写字似的。我冲上长长的楼梯，脑子兴奋得发晕，除了这封信，什么都感觉不到了。

阁下：

我荣幸地通知你，在众多的应聘者中，我选择了你，聘你为我的农场管家。我很高兴你能接受我的条件，望尽快来见我！

多么遗憾，我的身边竟然没有一个人和我同享这个快乐的消息，我的神经实在太兴奋了。我的父亲在哪里？我的母亲在哪里？那么至少还有萨利赫，他在哪里？还有昨天我吃饭时给过它食物的那只猫在哪里呢？现在我觉得孤身一人是多么苦恼！

我恨不得立即穿好衣服去见写信的人，但是我冷静考虑后，打消了这个念头，决定下午再去。

下午，我像第一次那样，在他的书房里见到了他，不过今天书房的门口没有看门人。法里德先生热情地接待了我。他笔直地站着和我握手，然后我们一起坐下，有个用人随即送上咖啡。法里德先生拿着大杯子不时地呷一口咖啡，他说：

“管家阁下，我的农场不是很大，只有三百费丹土地，而且也不很远。从首都出发，不管是坐火车还是坐汽车，只要一个小时就可以到了。环境不错，是个你会感到满意的田园。我希望你满意它，而不希望你占有它。”我们不约而同地笑了起来，“然而它经常碰到糟糕的管家，接连每两年换一个。也许你心里在想我为什么要问你‘你愿意按照自己的打算在地里种点儿什么吗’这个就是原因。那些管家，他们让我们在大面积的土地上投资，然后他在例如五费丹的土地上花上他一半的精力，而这五费丹地是为他自己种的。而另一半的精力才是为我们在耕种。我在广告里说有经验者优先，但是我发现那些人搞欺骗的经验胜过种地的经验。我要的那种有经验的人还没有生出来。你年轻，有精力，会让我们有赢利的。幸福和吉祥与你同在。”

他深深地吸了一口烟，朝天吐出去，随后又说：

“孩子，我看你性格温和，心灵纯洁，而且是个懂文学家心理的年轻人。我想，你的好运会接踵而至的。我们都是重感情的人，极少责备人。那儿有一幢漂亮的单独小楼，你当管家后，暂时就住那里。过段日子后，我们全家也过去。你什么时候可以动身？”

“我想不会太久吧！”我说。

“过一个星期可以吗？”他问。

“可以。”

“很好，谢谢。”

“再见了，先生。”

“再见。”

回去以后，我给萨利赫留了一张便条：

萨利赫兄弟：

我还能碰见你吗？将要和你分手的我是多么想见到你啊！经过一段时间的努力，我找到了一份还算不错的工作，去法里德先生的农场当管家。门钥匙放在壁箱里，没有变更地点。

我给你留便条是由于我要回老家去和亲人告别。也许我扛上行李这么一走，会和你分别很长时间，我们只能在信中相见了。

我给你留了一箱剩余的果酱，也许哪一天你想在家用早餐时可以吃。我敢向你肯定，只有酏剂①能使你从不幸和爱情之中恢复过来。你能听进我这话吗？

近期我们不可能见面了，吻你！我会牢记你的好心肠的。再见了！

我擦着眼泪读着自己写的便条，觉得自己像个卷入灾难的、在黑暗中行将死去的人。我提起箱子，离开房间，关上门，把钥匙放在壁箱里，然后轻轻地消失在楼梯的黑暗之中。我要赶晚上的那班火车回老家去。

① 一种含醇的芳香糖浆，大约含醇 25%。

第八章

“再见了，心中的城市，我在你的怀抱里度过了一段辛酸的岁月。在你的高楼大厦中找不到我的面包，我只有到田野中去找！”

六个月来，我第一次坐火车回北方。火车开动之前，我望着火车站大楼顶上的那盏紫罗兰色的分枝灯，它的光是那么柔和、舒服。

几个小时后，我回到了故乡。当我敲响家门的时候，全家人都在院子里，他们被我吓了一大跳。母亲大声叫了起来：“我猜想那敲门的人是我的儿子！”

全家人坐下吃晚饭，我津津有味地尝着母亲亲手做的饭。母亲久久地坐在我的旁边，两只眼睛始终看着我，手不停地给我拿好吃的。随后我们开始说话，一直说到五更。我向父母亲讲述我碰到的所有事情，在他们眼神的鼓励下，我的疲倦全消失了。我先从副部长的介绍谈起，然后说去找那位官员如何麻烦，最后到了他的家门，却一无所获。我接着又说如何到农产品厂去工作，最后又找到了法里德先生农场的这份工作。我脸上的表情随着每一段时间发生的事情而变化着，时而痛苦，时而忧伤，时而失望，而所有这些神情，也全在我父亲的脸上、母亲的眼神中反映出来。最后我们都松了一口气，父亲喊了一声：“安拉保佑！”

我在温暖的家里舒舒服服过了一个星期。母亲为了我，在这段日子里煞费苦心，她用母亲的心，千方百计把拮据的生活搞得丰富些。我们都沉浸在对未来幸福的梦想之中。时间飞快流逝，转眼到了告别的时候，不过这一次的告别不像我第一次出门时那样令人悲伤。

我回到了开罗，上午就到达了朋友的住处。我一迈进房门，便从他的床铺和行李中看出他已经从家乡回来了，他的所有东西，除了那把钥匙还放在老地方外，其余没有一样是放在应该放的地方。我的目光立刻在屋子里搜索起来，只见床上放着一张很大的纸，它是我那位古怪的朋友留给我的便条。他是这么给我写的：

> 我很高兴，你不再失业了。这就像我一开始就把我的房产卖掉、并得到了一部分现钱一样感到很高兴。我觉得我还得去那儿一趟，以便办完全部手续。不过，我还没有决定自己是今天走，还是明天或者后天走。因此我没有机会再和你见面了，只能由安拉来送你远行了。

他没多写什么，但是让我奇怪的是，和这张纸条放在一起的还有五镑钱，用大别针别在纸条上。他用蓝笔在条子的空白边上写道：“出门需要钱！”这种忠诚的友谊深深地铭记在我的心头，泪水不由自主地涌上我的双眼。

我动手整理书籍和少量的行李，为出门把所有的东西准备好。随后我离开了住处，到萨利赫的办公地点去找他。那里工作人员济济一堂，打字机的声音和人们低低的说话声汇成一片。我看见萨利赫坐在一张固定的办公桌前，看样子这张桌子已传了好多代。他正在看一份材料，两只眼睛是熬夜后精疲力竭的模样。他的右边放着一支还在燃烧的香烟，一边工作着一边抽烟。这时候，我想起早上火车上那个人说过的话：“他们都是有血有肉的机器！”我走到他的椅子边，轻轻拍了拍他的肩头。他一发现是我，立即起身和我亲吻。我在那儿没有待多长时间便告辞了。他把我送到门口，站在那儿一直目送我消失在人群中。

我没有拒收朋友帮助我的那些钱，因为我在出家门的那一天已经身无分文。我得预先准备好还不知道是多少数目的生活费。父亲曾经答应过我，在我走后，他将设法从有限的收入中挤出一点儿钱来给我。我相信自己会在萨利赫困难得囊中空空时，把这笔钱还给他的。也就因为这个，我感激地收下了他的钱。

不一会儿，我找到了一辆小型运输车，把行李放在上面。我嘱咐车主把我的书放好，然后去车站安排托运的事。

真要去那儿工作，我却没有了想象中的那种兴奋不已的感觉，也没有像以前想的那样激动，反而是情绪稳定，稳定得近乎不知如何是好。也许安宁在我们的心里确实是一种最甜蜜的感觉，或许这只是我一个人心中特有的感觉。

火车喘着粗气停在首都北面的一个区，时间已是下午三四点钟，是春末时分。我提着装满生活必需品的轻便行李，随着人群下了车。接下来我忙着找车站管理人员，查询我要去的那个农场的最近路线。我走进办公室，那人脸朝着东面的窗子，拿起一支笔，习惯性地往耳朵上一夹，以免丢失。然后他才指点着对我说：

“看那儿，先生。我是个近视者也已经看见了。在那儿不远处，你能看见一片树林和椰枣林，在那片林子中有一幢白色的房子，看见了吗？就是那支高高的烟囱，农场就在那儿。走路过去要半个小时，想租车也可以。要来一杯咖啡吗？”

“谢谢！”

“你是法里德先生的客人吗？他可真是个好人！”

“不，”我停顿了一下，“我是他的农场管家。”

那人立刻热情地和我握手，满面笑容地说：

“欢迎，欢迎。他的农场里总有上好的苹果，希望你有好运气，希望你常常光临我们这儿。”

我向农场走去，手里提着行李，好像个流浪汉。我当然相信租一辆车又快又方便。农场和楼房离我越来越近，我坚持着步行完这一段不算长的路程。

在路上，我看见迎面过来一辆车，便停步拂去落在鞋上的尘土。汽车到我的身边停住了，司机看见我，盯着我的脸问：“是去不远处的那个农场吗？”他眼睛中惊异的目光消失了。

我搭上了车，因为我太累了。

我上了车，车朝旁边那条不太宽阔的马路驶去。路的两旁栽着许多阿拉伯橡胶树，散发出阵阵芳香；阳光洒在橡胶树黄颜色的花朵上，花儿显得更加艳丽。我暗暗对自己说：“相信它的主人一定不错！这是花园的入口处吗？”我们一直往前，到了一块很大的空地才停下来。农民们在一条河的尽头高声喧闹，互相推挤着蹚过河去。

这幅景象把我迷住了，我简直以为自己是在做梦，全然不知道自己是用哪只手付钱给司机的。我只听见远远近近是一片男女老少的喊叫声：“新管家……新管家……年纪很小……”

我在农田里受到他们过分友好和尊重的接待。随后我们走近一间普通的房子，处理农场的事情都在这里。我坐在农民们中间，无数次地回答着他们的问候，一杯杯地喝着浓浓的咖啡茶。

这时候，已经到了收割小麦的季节，到处可以看见麦秆随风倒地。这儿的瓜果主要是西瓜。如果你站在大路尽头我刚才下车的那块空地上极目远眺，映入眼帘的就是右边那幢两层楼的小洋房，洋房的门窗都紧闭着，一个不大的花园环抱着它。花园里鲜花遍地，香气扑鼻。一眼看上去，你就知道那是主人的住宅。如果你往北边看，那儿是一个用篱笆围起来的宽大的果园，果香飘溢满园；在院子的尽头，一片大约有五费丹的人造树林截断了去路，从树的粗细上可以看出，这是上代人种下的。果园里的幽径小道和树林是那么富有诗情画意和令人陶醉。在果园和树林之间有一条窄窄的小路对着小河，小河的尽头就是田野，在那儿，果园的宽度和树林的长度的尽头也都在那里。随后，小河又蜿蜒向东面流去，一直注入宽阔的水渠里。水渠边有一幢古老的、带有黑色烟囱的住宅，还有一架已经坏了的抽水机。

管家的住房是一幢两层楼的房子，位于最东面，它和主人的住宅遥遥相望。这两幢房子相隔不远，中间零零星星地种着几棵椰枣树和桑树；在房子西面不远的地方，有一片树林；房子的南面建有几个马厩和牲口棚。

农民们住的房子，全部集中在最南面的地方，它们单独建在一片没有田的空地上，四周用土坯垒起一道道围墙，以免家畜遭到野兽的侵袭。

我拿到了住处的钥匙。我很乐意住在最高一层楼上，这一层对诗人来说是最合适的，从三个房间的窗口望出去一览无余，全是无边无际的空旷地。我推开北面的窗户，树林婆娑细语，和风在向我致意；我推开东面的窗户，一眼便望见潺潺流水归向水渠，绿油油的农田一直延伸到天边；我再向西面眺望，主人的住宅隐没在枝叶茂盛的桑树和椰枣树之中。我像个经过长途旅行疲惫不堪的人，一下子感到了轻松。我是多么盼望有这么一个使人心情平静的环境，每天晚上可以在漂亮的小窝里，尽情享受美丽的自然景色。

我的行李跟着一列货运火车到达了。我整理好房间，铺好床，栽娜卜就回自己的住处去了。栽娜卜是一位农村姑娘，住在农场里，在很多时候，是法里德先生大女儿的助手。我了解到栽娜卜有一些手艺，她除了懂得农活儿外，还有多种手艺，至少会烹调。因此，这个在哈米德手下干活的姑娘，被委派管理我的起居饮食，我就不用为吃饭、洗刷问题操心了。

栽娜卜高高的个子，好像是在森林里长大的。一头浓密的浅黑色的头发，外表纯朴，真像一朵野花儿，十分讨人喜欢。她的每一个动作都注入了她的感情。我看哈米德好像管住了她，这也许是因为两颗心悄悄在恋爱着，但没有机会被农场里的人谈论开来。

屋里只剩下我和哈米德两个人了，我们按照当地人的习惯，一边喝茶，一边交谈。我聚精会神地听着哈米德说话。他性格随和，同任何人都能相处，同时又机灵、忠诚，令人喜欢也讨人嫌。他对命运深信不疑，根本不在乎有没有饭吃。他深受主人信赖，在农场里的权力仅次于管家。哈米德说：

“我们这儿所有的人都要迎合一个人，讨得他的欢心，希望他高兴，因为他是掌舵人。他每年夏季来我们这儿住上一个月或者一个多月，然后每年来检查和看望我们两三次。先生，那些该死的还要惹他生气。他常常是带着行李半夜才离开的。他如果非常喜欢一个人的话，便会对他的缺点也熟视无睹。他信任自己选中的人，并且十分包容。”

“这就是法里德先生的性格吗？”我问。

哈米德一边哈哈大笑，一边用调羹在茶杯里搅动，让糖溶化。他说：“对不起，对不起，我是说他对自己的大女儿，就是艾米拉小姐，对她是这样的。”

听到这里，残留在我血液里的乡下人遗传的自尊心使我激动起来，我要剪掉她的文明和知识的爪子。我在心底里悲观地说：“我们将要受控于一个女人之手。”

说完别人的事情，哈米德又说自己的事：“至于我呢，先生，我是他们那些人的养子，从前两三代人开始，他们就是我们的主人。这块土地上埋葬着我的爷爷、我的母亲、我的父亲，我亲眼看着我最亲爱的人长眠在这块土地里，最后……”他停顿了一下，长长叹口气，“最后是我的妻子，我心灵和生命的伙伴……我是双亲的独生子，是他们好不容易才盼来的儿子。我免服兵役，这对于他们来说简直像过节一样高兴，他们总想得到过节那样的快乐。没过几个月，农场的民宅里响起了锣鼓声和欢呼声，我娶回了一个新娘，我非常爱她。我娶亲时正值秋末，大家正在收割粮食。可是几个月后，在一个冬天的日子里，我们又把她送进了坟墓，那时正是种马铃薯的季节。她得了伤寒症，没错，是在冬天，我忘不了。我一大早赶到城里去为她置办下葬的物品。我当时真是泪如雨下。”

在灯光下我看见他的脸色发灰，目光游移不定。为了结束他那痛苦的回忆，我立即插嘴道：

“这事过去多少年了？”

“十年了，先生。”

“十年？”我故意拖着长音，“你为什么不再娶一个？也许娶了新夫人会把过去的事情忘掉。”

“唉，岁月是这个问题的见证人。从那以后，我的生活由我年迈孤身的姑妈照料，她就像我的母亲一样。就因为这样，我觉得没有必要强迫自己忘掉过去。我就一直在这种处境中生活着。在这方面我和我们主人的经历很相似。安拉让他的妻子在生产时去世了——他的女儿莱伊拉刚刚落地几个小时，孩子的母亲就悄悄离开了。”

说到这里，我们听见远处农舍那边传来鸡叫声，也许这是鸡的错觉，天还没有亮。哈米德注意到我们已经谈了很长时间，于是起身告辞，剩下我独自一人看农业方面的书。自从在这里生活，我把生活分成两半，一半时间属于农业，一半时间属于文学。

我的脑子真奇怪，一边看书，一边竟然还在想那些即将在我人生道路上和我打交道的人，我将和所有这些人建立一般的或非一般的关系。我想到了栽娜卜、哈米德、法里德先生、艾米拉小姐。那位艾米拉小姐我还没有见过面，然而我的脑子里已经有了她的形象：一个漂亮、娇艳、高傲和贪吃的富贵人家的姑娘。我准备用我那穷人的活泼和稳重的性格去面对她，这就好像中世纪的决斗者们在决斗前准备好他们的剑一样。我想得很多的是，我会和她发生争执，而且非要争个胜负不可。我的立场是，我会下定决心承受她在任何方面对我的侮辱，只要她不把我当个穷小子对待就行。

岁月像溪水那样悄无声息地流逝，我从穷人的角度去管理我生活在他们中间的那些最最穷的、家徒四壁的人，这样，我心中的痛苦在一定程度上减轻了。那一天，当迎面驶来的一辆汽车停在空地上的时候，平静的农场一下子沸腾起来。人群中跳出一个年轻人过去打开车门，人们伸长着脖子，把眼睛睁得大大的，很多人赶忙去搬箱子和迎接。随后，主人住宅的百叶窗打开了，里面充满了生气。当时我正在果园那儿，似见非见地目睹了这一情景，心里不禁怦怦跳动起来。

我不知道自己该怎么办才好，心里感到左右为难。我在犹豫，我是出去迎接他们呢，还是待着让人来叫我？不过，我还是倾向于后一种做法。这时候，一个农家青年跑来打消了我的犹豫。他两腿灌风似的飞奔而来，用手比画着对我说：

“主人法里德贝克阁下有请管家先生。”

说完，一溜烟似的跑回那个住宅，向他们通报我将到那里。

我把脖子上的领带整了一整，用手摸摸嘴边的胡子，朝西装裤的裤腿望了一眼，所有这些举动都是无意识的。我向那里走去，穿过环绕着房子的花园，上楼来到会客室。他们一家人正其乐融融地聚在这里。我的两条腿像灌满了沙子似的沉重得抬不起来，我简直为自己感到惭愧。哈米德高兴地进去通报，而我却处于十分尴尬的境地。

法里德先生的性格不是很严肃、很内向的。我可以这么说，他实际上是个非常温和的人，为此我对着台灯随意地坐了很长时间。对于艾米拉小姐，我从第一眼看见她，心里就对她存有很大的戒心，尽量采取听从和躲避的态度。我当时对她的看法是，她是个严厉的人，至少我心里是这么认为的。在她身上，那双眼睛尤其厉害，我的目光一接触到她的眼睛，立刻像冰雪融入开水中，瞬间化得无影无踪。正因为这样，我们虽然坐在一起，却很少相对而视。

你也知道，这样显得很不自然。我和她父亲专门谈农场里的事情，她也在场，并且和我们一起坐了很长时间，却俨然是个陪衬。法里德先生开始询问我的情况，还特别问到我住得怎样。我觉得在这种话题中应该恭维他几句，便说：

“这里所有的建筑、所有的树木和所有的布局，都证明了主人家世袭的鉴赏力。你如果在管家住的那个富有诗意的漂亮屋子里待上一个小时，一个月的疲劳保证会消失得无影无踪。那片林子，它用人工塑造了一种自然的美。”

先生的脸上堆起了得意和兴奋的微笑，他调整一下在椅子里坐的姿势，准备说话。

“说起那片林子，阿卜杜勒·阿齐兹先生，它是这块土地上我最欣赏的地方。要不是有它，我才不会来这个地方住呢。我也认为，种上这片林子的我的祖父，真可算个诗人。不知什么原因，我就是喜欢这片树林，我女儿艾米拉也特别喜欢果园里的这片林子。”

法里德先生爱怜地向女儿投去询问的目光，我也同时向她望去。在这个机会里，我的眼睛总算完全看清了她。我们听见她回答说：

“是的。它一方面可以让人散步、消遣，另一方面还有出产，因此果园是最好的地方。管家阁下，你说是不是？”

我陷入了回答肯定还是否定的窘迫之中。她停顿着，一双磁铁般的眼睛大大方方地望着我，等待我的回答。

“很抱歉，小姐。其实优美的景色和出产水果无法相提并论，它们是不能搅在一起的两个方面。例如挂在墙上的这幅油画，如果说它的利用价值，那么，自从把它挂到墙上以后，它的价值就翻倍了。同样，为了美化环境，它就不能算产品了。世界上有很多这样的事情，既然用于美化，就算不上产品了。但也有很多事情，因为要算产品，就不谈美化作用了。”

我想，我们应该谈谈生产方面的事情了，这才是我正式的工作，可是那位慈祥的父亲还在兴致勃勃地问我其他方面的事情。

我面带微笑，以至使艾米拉都不觉得我是在说与她意见相反的话。这时，法里德先生满意地点点头，而艾米拉本人，却眨眨眼睛撇撇嘴，做出一副惊讶的表情。我没有听见她的回答，只听见她在偷偷地笑。

栽娜卜穿着新衣服，大摇大摆地送咖啡来了。当她把咖啡送到女主人跟前时，我从她的眼神和微笑中看出了她们主仆之间的友好关系，这是一种超出了一般主仆间的关系。过了一段沉默的时间，只听见轻轻的喝咖啡的声音。又过了一会儿，艾米拉温和地说：

“管家阁下，那么我们谈谈生产方面的事怎么样？”

她父亲笑了，我也微微一笑，放下手中的杯子。现在我可以换上为应付这个家庭而早有准备的那个角色了。我说：

“对，我们还是像小姐想的那样，谈谈生产方面的事吧，因为我们还没有让你们农场中这块美好的土地履行它的义务。

“我们从下星期开始收割小麦，还要把西瓜地里那些已经熟了的瓜收上来，还要对葡萄架进行维修。另外，还要灭虫、对一些农具进行技术修理。还有……还有……”

艾米拉说：“这样很好！”

“更好的还在后面！”我说。于是他们都用期待的目光望着我。

“从我本性来说，我没有诋毁别人的权力，也不想在废墟上建起我的宫殿。但从工作出发，我要说这儿的事情搞得很糟，我的前任们没有尽责尽力。在我看来，做好田里、果园里的工作并非坏事。你们都知道，有收益就能把人凝聚在一起。然而我认为这些方面的工作做得太少了。在我之前，没有人关心过饲养家禽，也没有人养蜂。其实这些方面的收益可以支持农业生产，就像海洋里的收成可以支持岛上的生产一样。”

法里德先生欣喜若狂，不禁拍起手来。他一边比画着，一边说：

“这是个好主意，不愧是农艺师和文学家。艾米拉，你看看，我的孩子，这就是你爸爸选中的人。花园里、树丛中，蜜蜂嗡嗡叫，多么诱人的景色啊！除了有美景外，还能收获到蜂蜡和蜂蜜，多好的主意啊！”

艾米拉也显得神采奕奕，漂亮的眼睛里闪烁着赞同的目光。她笑着说：

“你在生产方面的设想真不错。那么，准备什么时候开始呢？”

“等忙过这一阵活儿后，我就考虑第一步计划。”

我在摆脱了窘迫不安、离开座位之前，才把目光瞥向艾米拉，把她仔细端详了一番。如果我是一个画家的话，我一定会在出门后把她的模样绘下来。可惜我只能日后慢慢地向你描述。

第九章

第一次参加青年音乐会，新教师上的第一堂课，诗的第一行，第一次在不相识的人中间讲话……所有这样的事情，都会在人的一生中留下深刻的印象。

我已经能够在夜总会上谈笑风生、显出一副主人的派头了。自从我摆脱多次灾难后，你看见的我已经放下了高傲的架子，只有那个扰乱我步伐的佳丽的倩影，始终深深地印在我的脑子里。

我那懦弱的个性中开始升起了对生活的欲望。多么奇怪。一次事件就能塑造一个人。历史英雄、人民领袖都被我们形容成半神的人物，他们的荣誉都是在一次事件后得到的，以后便从成功走向成功。是这样的！我开始同情自己，最好现在自己也能这样。至于在学校里，在课堂上的那段过去，我甚至相信那是我的幸运。许多把自己的心思放在书本里的人，现在感到不好意思，今后却能成为伟大的人物。

剩下的问题始终是不容易解决的，我至今都抹不掉它在我心头留下的烙印，那就是我是个穷人。

法里德先生是个性情温和、本质良好的人。人到暮年之际，他对世界已是一无所求，只希望在文学上能有点儿成绩。因为这个原因，随他一起从开罗搬来的行李中，有一半是书籍，他把看书剩余的少量精力才用在农场事务上。居住在农场的那段时间里，他把所有的事务都委托给管家，而在艾米拉居住农场的那段时间里，管家是在她那双清醒的眼睛的监视下工作的。

我和艾米拉自从第一次见面后，两人之间的交往都变得彬彬有礼。如果我们偶然得以相遇，两人都会立即向对方问好。我常常是脸带笑容，在她不易察觉的情况下，微微弯腰向她致意。而她在向我问候时，脸上毫无表情，几乎看不出她是什么表示。然后我会赶紧离开她，去忙自己的事，决不停留，除非听见她对我说话。每当这种时候，我总是简单扼要地回答她的问题，然后不好意思地立即离开。至于我和法里德先生之间的关系，那完全是一种正常的关系，可正是这种关系毁掉了我那美好的前程。法里德先生常常约我在某一个地方见面，见面后，总是久久地握着我的手，毫不心急地说着他要说的事情，直到话题转到另外一个方面时，才放开我的手。那情景就像小说中描写的出远门的人在火车启动前向人们告别时的情景。我真不知道自己是不是喜欢这个人。

至于哈米德，他把大多数时间放在培养心中的爱情上。因为他不是个有文化的人，可以和我一起对某一方面工作进行核算。他是个心胸开阔的人，我觉得自己对他开始信任起来。

说到栽娜卜，我到现在还猜不透她的心思。我觉得在自己的脑子里对她只能描绘出一根粗线条。或许我错了，对她太夸张了，她的行为也许根本没有别的意思，但是我的心里老对她存有疑虑。那就是从我们相见的第四天起，她的眼睛里总是充满柔柔的情意。我是在农村长大的，我懂得农村里的事情。我懂得在农村里才能听到的悄悄的情话，但是我现在处于这样的地步，不能迎合她，因为我确实非常需要她，我还迫切想知道她要干什么。

我使自己那间放着几件家具的有限的房间成了一个小小的天堂。有一次，栽娜卜手捧一束鲜花看着我，然后把花放在我读书的写字台上。我尽情地闻着花儿的芳香，在轻松、宁静中度过夜晚。栽娜卜每天晚上都站在我的旁边，两手交叉放在丰满的胸脯上，然后对我说："管家阁下，明天早上吃什么？"她总是柔声柔气地问我，露出深情和爱怜的表情。于是我怀着这样或者那样的感情望着她，我知道她快要有所表示了。果然有一天我回答她的问话后，她又说："如果不是这样呢？你能由我随意选择吗？如果为你准备的是由栽娜卜亲手做的、既有营养、又是价廉可口的食物呢？"我笑着表示同意。顿时，她那浅褐色的脸上洋溢着妩媚的喜悦。就这样，随着岁月的流逝，我那有限的小屋变得井井有条。

我的晚餐是一颗鸡蛋、一块奶酪和一些新鲜的蔬菜。一天，我坐在写字台前，栽娜卜拿来一个容器放在我桌子上的书堆中间。我还没来得及朝送来的晚餐看一眼，便发现她的眼睛里分明是有话要对我说，于是我温和地望着她，问道：

"哦，你是想对我说些什么吧？是不是有关明天早餐的事？"

"不，先生。是晚上的事。"

我没有明白她说的话，眼睛里显出迷茫的神色。她随即接着说：

"如果你有空的话，法里德先生希望你能在晚饭后去他那儿坐坐。"

紧接着，我开始吃饭。她围着我忙碌起来。在我看来，她做的那些事情都是多余的，或者说是浪费时间。譬如，她对着装水的玻璃杯凝视片刻，然后拿过来重新洗刷一遍；她一遍又一遍地关上玻璃窗、打开玻璃窗，似乎想证实一下窗户是不是还在原处；最后，她开始整理那些放得整整齐齐的书。她拿起一本《一周》周刊，周刊的封面上是个女演员的像。她拿着周刊，默默地注视着封面上的人物好久。我看见后笑着问她：

“你能看懂吗？”

她回答说：

“但愿能够看懂！不过我能看明白这个女人的迷人之处在哪里。”

我为了和她有话可说，便回答道：

“她也是个人。那么，你能说说她的迷人之处在哪里吗？”

栽娜卜没有把那双栗色的眼睛从杂志的封面上移开，嘴里回答我说：

“让我回答她的迷人之处？这让我无法说，不过，我能把她的迷人之处和别的女人的迷人之处相比较，那个女人就是艾米拉小姐。”

说完，她开始望着我，看我的反应。我始终克制着自己，只顾吃饭，一句话也不说，眼睛却望着她。这时，她又说：

“这个人的眼睛是蓝色的，艾米拉的眼睛是黑色的。依我看，黑眼睛更迷人、更有魅力。”

“噢，还有呢？”我心不在焉地问。

“这个人的头发是金黄色的，艾米拉却是又黑又密的长头发。”

我立刻接着把她的话说完：

“第二个比第一个更漂亮、更迷人。是不是这样？”

她微笑着做了个手势，说：

“没错，就是这么回事！”

“还有呢？”我问。

她望着我说：

“除了这些，我就说不上什么了。不过，她……照我看来……我觉得……毫无疑问，艾米拉小姐的心地肯定比这个女人好。”

我笑得合不拢嘴，真害怕吃着的东西从嘴里喷出来。笑过之后，我和蔼地为她指点迷津：

"这一点你怎么知道呢？判断一个人的心好不好就这么简单？"

在尴尬和迷惑之中，她那张一目了然、单纯的脸上露出了可爱的迷人神色。我看见她咽着唾沫，眼睛对着天花板看，好像在祈求得到回答，然后她天真烂漫地说：

"所有的事情从脸上就可以看出来。先生，脸是一面镜子！"

她很快从房间里跑了出去，就像一个对考试忐忑不安的小女孩。房间里只剩下我一个人了，我漫不经心地一边思索，一边把饭吃完。不一会儿，她又回来向我告辞。我向她问过晚安，只见她的脸上丝毫没有愁眉不展或者不满意的神色。

"所有的事情从脸上就可以看出来！"

她说这话是什么意思？我看她说这句话的时候，身体的每个部分都在颤抖。她总能自如地把话题扯到她想说的事情上去，而当她的话没有得到反应时，她会闷闷不乐。

多么可怜的人啊，真是个容易让人骗的人。我的心此刻就像一把没有上弦的琵琶，而她却想让它弹奏起来。

我走进了法里德先生的房间，迎面碰见的是莱伊拉那张漂亮的小脸。她一跃而起，从我面前奔向西面的房间，去向父亲通报我的到来。这时，从东面房间里传出悠扬的琴声在空中回旋。那只能是艾米拉，除了她，没有人会弹奏。

这事已经过去多少年了，一年又一年，可是我的心至今还能记得这首曲子，能背出它的旋律。我多么希望自己能弹奏它啊！

先生坐在那儿，随意地看着他的书和稿件，完全是文学家一副漫不经心的样子。我们互相问过好后，他对我说：

"很抱歉，孩子，打扰你了，这是一件麻烦的事情。你看，这是我的眼镜——我戴着的眼镜，可是它却被我打碎了。我急着想看稿，现在只能借用年轻人的眼睛了，因为这个故事我必须把它写完，要刊登在《一周》周刊上，而且最多两天后就要和他们取得联系。”

他把散在四处的纸收集起来，最后手上有了一叠写满他那清秀字体的稿纸。随后他又说：

“现在我们开始按号码把它们整理好，然后你读给我听，我把还需要修改的地方修改好。接下来的事情就是你要用清晰的字迹抄写一遍。噢，你觉得我这个方法可行吗？我把三大本厚厚的书压在眼镜上，结果镜片被压碎了。这下可让艾米拉幸灾乐祸了，她就希望我不要看得太多，老是管着我的身体。可是安拉让那些用笔搞文学的人总是考虑不到自己已经年迈，因而他们很少有人会放弃自己用笔的权利。”

这是一个描写爱情悲剧的故事，故事的情节随着旧时一个年轻人就业地点的变换而发生。

我用清朗的声音读着稿件，有声有色，富有感情。先生喜形于色，他的表情和每一个动作都说明他沉浸在兴奋之中。他不时地打断我，扬扬得意地对我说：

“孩子，这样的心理分析怎么样？这是小说家最大的任务，也是个难题。”

你说我该怎么办？我只能用一种很自然的、毫不做作的方法来解决——表现出喜爱、赞赏和佩服的样子。

概括地说，这是两个穷苦阶层恋人的故事。姑娘和小伙子在同一个纺织品商店工作，两个人产生了感情，并说好了要结婚。可是小伙子干这种工作，穷得一贫如洗，而姑娘的情况也不比他好，也许还更糟糕些。

商店里的职员和工人都在议论他们俩的事情，猜测他们的心思和口袋里的钱。为了解决钱这个难题，这对恋人没有一天早上不是唉声叹气的。

日子一天天过去了，直到有一个星期日，姑娘没有看见恋人，她的心情糟糕透了，人的神情明显变得郁郁寡欢。

过了星期日，第二天早上，姑娘迈进商店，仍然没有看见她的恋人。原来小伙子已经不辞而别，事先也没有向她透露什么，便到另外一个城市的商店分店里去工作了。姑娘顿时六神无主，痛苦沮丧地跑回了家。母亲看见她的模样，不断询问她发生了什么事情。可怜的姑娘再也克制不住，“哇”地一声大哭起来，向母亲吐露了心中的秘密和唯一的希望。这时，母亲叹了口气，难过地安慰她说：“这些日子我的心也在为姑娘们叹息，她们一直相信爱情这个神话。”日子这么一天天过去了，一个姑娘不爱的年轻人来向她求婚了。年轻人也是个穷人，但是他有一份合适的工作，积攒下一笔令像他这样的年轻人都为之羡慕的钱。姑娘的父母围着年岁已经大了的女儿，用今后的生活来开导她，向她描述和年轻人结婚后将来的好处。他们把姑娘说得心旷神怡，唤起她那颗疲惫的心对爱情羽翼下的家的向往，这是多少个日子以来姑娘心里一直所怀的企盼。随后她就订婚、结婚了。

整整三年过去了。一天，姑娘怀里抱着一岁左右的孩子，来到她原来工作的商店里，准备买一些日用必需品。意想不到的事情发生了。她发现站在自己面前的正是昔日的恋人。不过，她很快控制住自己，向他表示了一个平常的问候，然后请他剪几米她需要的布。买完布，她离开了商店。这时，小伙子紧随着她出了商店。姑娘还没有开口，泪水就已经潸潸流下来了。她说不出话，最后只说出一句“背信弃义！”谁知，小伙子用惊奇的目光面对着这一切，平静地要求她回答一个问题。他说：

“你父亲开工厂了吗？”

“是的。”

“你们家现在的生活是不是很富裕？”

“这是事实。奇怪，谁告诉你这些的？”

“现在我要把所有的事情都告诉你，让你明白我不是那种背信弃义的人。曾在一天晚上，一个我不认识的男人和一位妇女来敲我的房门。我把他们让进屋里后，才知道他们是我心上人的双亲。那位母亲对我说：‘孩子，你爱我女儿吗？’我说：‘是的，我要娶她。’她又说：‘我相信你爱她，毫无疑问，你同样爱我们俩。姑娘是我们的大女儿，也是我们全家生活的支柱，因为她的父亲已经丧失维持家庭生活的能力，这你也看到了。他在管理机器时被轧断了左手，以后什么事也干不成了。有一个年轻人来向我女儿求婚，他的财产足以使我们同意联姻。他答应和我女儿结婚后给我丈夫一笔钱，让他开一家小工厂。这样他们结婚后不管我们了，我们也可以维持生活。但是我女儿拒绝这门亲事，她告诉我在商店里有一位同事和她相爱。她很爱你，可是你对于我们家的生活却无能为力。’说着她哭了起来，然后又说：‘孩子，我以我的眼泪向你发誓，要不是我的孩子还小，他们的父亲难以养活他们，我是不会去伤害两颗心的。正因为我是母亲，你又像我们一样贫穷，而你的爱情又将使我们失去生活的力量。孩子，你看该怎么办吧！’”

姑娘听完这席话，明白了一切。泪水使她泣不成声，她大声喊道：

“啊，我不再是受骗者了！我爱你！”

但是小伙子机灵地抢过她的话头，说：

“是的。可是现在摆在你我之间有这么三个事实：婚约、丈夫、孩子。”

姑娘腼腆地说：

“那么，你为什么还要出现在我面前？”

小伙子说：

“因为我想生活在你呼吸的空气里。我要向你下面的那个妹妹求婚，这样你我之间在婚约、丈夫、孩子之后又有了第四个事实，那就是我是你的妹夫！”

接下来小说描写了爱的眼泪、他们的真诚和美德。

我在读完、修改完这篇稿子后，开始赞扬先生的文笔，可是刚说了几句话，门口传来轻轻的敲门声，我的话被打断了。来人是艾米拉，她在得到我们同意后进了房间。

我常常会被一点点小事弄得心惊肉跳，这就好像干涩的眼睛，只要一看见别人哭，不管是什么事，它也会掉泪一样。我在心里对自己说：“燃烧着爱情火焰的心是很幸福的。而我这颗心，也只有她能点燃爱情之火。”

艾米拉出现在我们面前，她穿着白色的夏季服装，衬托着漆黑、飘逸的长发，黑白之间映出一张漂亮、细嫩的圆脸庞，脸庞中镶嵌着一双迷人的大眼睛；嘴边还挂着微笑，我从来没有看见过她这么高兴，那是一种温柔的、不带忧郁的、讨人喜欢的笑，笑得那样自然。她问过晚上好后，转脸对父亲说：

“爸爸，我原以为眼镜打碎后会把你和稿子分开，改善你的健康和精力。”

先生听完后哈哈大笑，笑了很长时间，笑声表达了他对女儿的溺爱和娇纵。笑过之后，他说：

“阿卜杜勒·阿齐兹，我就是这副样子。你会发现我是在女儿两眼严格的监视下吃饭、休息、看书、出门、睡觉，我的起居饮食全由艾米拉安排。其实做到这种地步已经可以了。然而她除了这些外，还要管我的穿衣：‘爸爸，你必须穿得讲究些，这件衣服是和这配套的，这条领带要配这件衬衫。’真是个老师，在一切事情上都是老师。不仅仅是安排，在农活上、穿衣方面……”说得我们大家不约而同笑了起来。

“先生，这是你的好福气，时下好多姑娘都只管自己打扮。”我说。

我能感觉出艾米拉很高兴，在兴奋之余，还流露出满意的神色。当这个好好先生把话题扯到别处去时，她拿过一张凳子在我们身边坐下。

“孩子,她也是个年轻人,可是十二年来,她却顶替了女主人的位置。她让我忘记了她的母亲。她为了我这个父亲，拒绝了许许多多来提亲的人。因此，她在自我牺牲方面也是个老师。”

“这也是你的福气，先生。”我说，“小姐正当年轻，她的幸福日子可长着呢。”

“谢谢你！”艾米拉说。

先生说：“艾米拉，剩下的是难题了，这是一部新小说，印刷工人要边看边排字，明天必须送出去，这样他们第二天能拿到手。”

“这样吧，晚上我来完成它，哪怕熬个通宵也行。”我说。

这时先生却说：

“孩子，如果你们两人合作怎么样？你们一个读，一个写。我确实累了，我到你们旁边的阳台上去透透气。”他话音刚落，已经迈着从容不迫的步伐向阳台走去了。那儿有一张用混纺织布做的椅子。

我们俩的周围好像一下子变得空荡荡的，我的心不禁狂跳起来。我不敢正眼看她，只是偷偷地瞥了她几眼。我虽然处在窘迫之中，但是又很陶醉：我的耳朵里一直充满着她那平静的语调，我的鼻子里一直闻着沁人心脾的芳香。这时，她用一种新的、甜甜的语气对我说：

“管家阁下，现在我们分工吧！我父亲总是让我回忆起已经过去的幸福的学生时代。唉，一想到过去，我就彻夜难眠。你选择什么？是读还是写？”

“还是你选吧，你在这两样中选你觉得方便的做。”我说。

“我觉得我的字写得还不错。”她说。

“我觉得自己读得还可以。我们开始吧！”

我们就这样开始工作了。我读，她写。我读完一句，然后呆呆地、不出声地望着她急急忙忙写下来，直到看见她的眼睛离开了纸，我又急急促促读另外一句，接着又呆呆地看着她。

总之，我想说的意思是，我像个不是舞台上的演员。我听见远处传来先生的脚蹭地的声音，先生躺在椅子上。不一会儿，脚蹭地的声音消失了，也许先生在思考完问题后睡着了。反正在这宁静的夜晚里，除了我读稿的声音外，再也没有别的声响了。

我们已进行到了故事痛苦阶段的描写，小伙子正在和他的恋人说悄悄话，因为他离开姑娘后，姑娘对他产生了种种猜测。

“但愿你能知道，我的心里燃烧着对你炽热的爱。你们家里现在有了幸福的氛围，你只受了一点点委屈，以后便幸福了。而我遭受了许多不幸，还得不到幸福。我这一切都是为你好。我爱你的家人，就像安拉爱他的崇拜者一样。我不仅爱你，还爱和你有血缘关系的人，我是全身心地爱着你。在我们分散后又相聚的时候，也许你明白了一切，你会原谅我的。”

我不知道自己是怎么读完这一段的，反正没有人会知道，只有我自己明白我读得很反常。显然，热烈的气氛在这时候减弱了，最后，我拭去在灯光照射下额头上沁出的汗珠。艾米拉细长手指中握着的那支笔开始颤抖起来，如果句子有点长，她总是要求我再读一遍或者两遍。这时候她总是用专注的目光看着我的脸。我觉得自己的眼睛里快要含上泪水——几乎是泪水——的时候，总要停顿一下。我处于窘迫的地位，除了安拉，谁也不知道这是什么原因。我们的合作是激动、富于幻想和美好的，这一切都震撼着我的神经，我感到泪水马上就要涌出眼眶了。先生的脚步声又响起来了，我同时看见艾米拉颤动着睫毛望着我，我立即伸手去拿放在面前的杯子。我把水一饮而尽，故意做出很渴的样子。然后我转开脸去，擦掉眼睛里痛苦的泪水。也许她懂得这是一种怎么样的泪水！

我们在思考和寂静中结束了工作。夜晚在宁静中流逝，艾米拉宣布我们可以休息了。老先生这时从梦中醒来，满脸喜色地进来道谢。他对女儿的感激之情超过了对我的感激。在他的眼里，女儿似乎做了一件创造性的工作。

我回到自己的住处，不知道该做什么。我想对自己的心态好好研究一番，但是总觉得自己像个掉进黑暗的深井里的人，抬头看见的只是一个圆圈。在这段时间里，我总是情不自禁地对她流露出自己的感情，而她对这种感情一开始就看得非常清楚。我小心翼翼的，着实让人讨厌，好在我处于黑暗中，不知道她的感觉是怎么样的。难道爱情是一种“消极的形象”，它在人们心中的反应，就好像艺术家为某一个人或者某一景物摄影后嵌在玻璃中的照片？我不明白，也许是这么回事。要真是这么回事的话，问题倒不难解决了。我想我对爱情的结果是无法猜测的，因为我明白自己的心，自从我注意到它狂跳不已起，我就完全明白了它。我的心像个蜘蛛网，经不起任何东西的触动，爱的指尖只要轻轻碰及它，我就会放弃爱情，首先是由于生活问题，其次是聘用问题。我几乎整天独居一处，我喜欢她，所以害怕和她在一起。

我就这样爱上她了吗？我一直对她怀着戒备心理，似乎我是憎恨她的。请相信我，我只要一看见她的妩媚，目睹她的光彩，立刻就有一种奇怪的危险感觉。也许是这种感觉提醒我的原因，我心中萌发出一种想揍她，或者是骂她，最好是惹她哭的强烈欲望。多么奇怪啊，我在这方面像个孩子，被花儿迷住了，于是就想残酷地把它揉得粉碎；或者说我更像阿拉伯诗人，他们扼杀了爱情，焚烧了爱情，然后从爱情的土壤里酿出一杯苦酒，接着又来哀叹它。

我每当想起自己是个穷人的时候，思想上的激情一下子消失了，立刻从天上掉到了“像我这种人应有”的地位中，掉进了没有希望的境地。

我每当控制不住自己的感情时，总是熄灭灯光，走到窗前，透过桑树和椰枣树的缝隙，急切地、目不转睛地观察着她那亮着灯光的房间窗户，好像水手在夜空中观察北斗星一样。我站在那儿一直到看见她垂下薄薄的窗帘、关掉电灯为止。

我不想和你谈我在农场里的工作，譬如我在那里干得很努力，我很好强，就像管理我自己的钱一样管理着农场。青春热恋是一种无法遏制的力量，于是我朝着法里德先生的房间走去，看着他在文学园地中辛勤耕耘。我每天晚上的大多数时间是坐在他那里，他读稿，我记录，要不就是我给他读书，或者读东西方的杂志。他总是这么对我说：你通过读书可以排遣孤独。

我感觉到自己在这个地方的生活开支不大，这样我每个月可以帮助家里一部分钱，使他们的生活宽裕一些。我相信，随着岁月的推移，我的生活前景会越来越乐观。

夏天的夜晚，太阳刚刚落山，白天的炎热空气开始消散，这时你在农村可以看到一派迷人的景色。这种景致你在令人眼花缭乱的城市中是看不到的，尤其是在月夜里的已经收割后的收割场上。月光洒在田野里，麦秆披上了一层银光，你即刻会联想到它们在月光下披上了斗篷。在缺水的日子里，农民们在田里积肥，他们把麦秆堆成一小垛一小垛放着，然后在耕种季节到来之前浸上水。这时候的田野里真是一派美丽的风光。在夜色迷茫中，你会觉得那是一个静悄悄的大海，从地面上望过去，只看见一个个岛屿的脑袋露在外面。

在那些日子里，我觉得时间还早的话，便会在饭后至读书前这段时间里，徜徉在田野中。我喜欢独自散步，没有人陪伴。可是当我发现艾米拉也非常喜欢散步时，便故意限制自己散步。在很多个晚上，我看见她沿着渠边走，陪伴着她的有妹妹莱伊拉和仆人栽娜卜。

在那些夜晚中，我漫步在小路上，一边听着田野里的小夜曲，一边忙碌地构思着对美景的描写：青蛙在鸣叫，蚱蜢嘎嘎作响，树叶发出婆娑声，一轮明月悬挂在西方的地平线上，映出三个人影，又隐没在月光之中。黑暗中的不远处，隐隐约约能看见她们三人从田野里散步回来，摇摇摆摆走在路上。她们并排走着，好像站横队似的。栽娜卜靠渠边走，她个儿最高，艾米拉走在中间，莱伊拉走在另一边。那个开朗的仆人不时发出银铃般的笑声，声音在宁静的夜空中回荡。我停住了脚步，犹豫着自己是一直往前走还是退回去。我不知道为什么会这个样，总感到这是件麻烦的事。我一直僵立在靠水边的地方，双脚站在已经被割掉的芦苇茬上，眼睛望着对岸的柳树，柳树的枝条已经垂到了岸边的水中。在那一瞬间，我觉得她们已经离我那么近，我能够听见她们悄悄的说话声，当我猜想她们也许在议论我时，心脏顿时剧烈地跳动起来。我还没来得及转身离开，她们已经和我并排站在一起了。栽娜卜小心翼翼地向我问了晚安，艾米拉同时也咕咕哝哝地道了一声好，只有莱伊拉，她立即向我跑来，抓住我的手臂，用天真、撒娇的口气说：

“我很高兴，管家阁下。你不是对他们说要给我们建蜂房和家畜棚吗？”

我一边忙着挣脱她的手，一边说：

“没错，莱伊拉。是的，为了你也得建，这样你高兴了吧？只要你能高兴，我会很乐意建的。”

艾米拉没有想走的意思，一直在等待着她妹妹说完话。她面对我们大家，双手拂弄着被风吹到额边和脸颊上的头发。我现在如果不是在这个位置上，不是面对着她，我也很快会在黑暗中发现她的。我想她是能明白我的感情的。栽娜卜一会儿把头转向我，对我看看，一会儿把头转向艾米拉，朝她看看。在这种时候，她对这两颗心寄予什么希望呢？莱伊拉刚说完话，艾米拉立即说：

“管家阁下，你打算建蜂房和家畜棚，那究竟是为了发展生产还是为了美化环境？”

“小姐，我是站在我的立场上考虑的。”我回答了她的问话，尽量含糊其词。

“那么，你想坚持说是为了美化环境。”她微笑着说。

这时，栽娜卜心直口快地说道：

“先生，你美化环境是为了谁？”

“为了可爱的莱伊拉小姐。”我笑着答道。

说完，我们分手各走各的路。这天晚上，艾米拉的父亲没有来叫我。于是我在剩下的那段时间里，和哈米德一起说农场里的事，然后又唠叨一些杂事。最后还有点儿时间，我坐下来看了一会儿书，还有一会儿我走到窗前，注视着艾米拉窗口的灯光，看着她在房间里来回走动的身影，聆听由她纤长的手指弹奏的、给人一种奇妙感觉的悠扬的曲子。然后看她走到靠近我的那个窗子，注视着树丛中的那条路。

一天上午，我来到树林中，寻找能加固葡萄架的断枝。我没有叫农民和我一起去，因为我希望找到艾米拉待着的地方，然后再去寻找断枝。我从一条小路走到另一条小路，过了一个树丛来到另一个树丛，似乎已经忘记自己来这儿是为了什么。我一直不停地走，只要附近没有听见艾米拉的声音，我就一直走下去。艾米拉的声音即使混在几千种声音里，我也能分辨出来，我不知道自己为什么会这个样。我终于听见了她的声音：

“小心，莱伊拉！小心摔跤。”

我立即循声沿着一棵巨大的树转过身去，直到我站着的地方能够看见她们俩才停住脚步。艾米拉把一个有裂缝的树桩当作凳子坐在上面，身边放着一本书，两条手臂靠在树杈上，一手托着脸，一手拿着一本杂志。

莱伊拉吊在一根树枝上荡秋千，上上下下十分尽兴。我不愿意显得自己是偷偷摸摸来到这里的，于是朝着她们走过去，然后从旁边的果园门出去，一直到农场的空地上。我故意在走路时弄出声响来让她们听见，引起她们的注意。我只能这么做，在从干枯的树叶上走过去的时候弄出声音来。果然，不多久，她们听见了我的脚步声，莱伊拉很快离开了她的秋千下地了，艾米拉在“位子”上坐直了身子。这时候，我抢先开口说：

“很抱歉，请原谅，不得不打扰你们两位了。葡萄架要加固，我……”

艾米拉说：

“不用抱歉，你喜欢树林的景色吗？这本杂志里刊登了我父亲的小说。”

说着，她把杂志递给了我，我接过以后，飞快地浏览了一下，说：

“啊，果真是那个故事！”

“你对那个故事感动吗？”

“谁还会对这样的故事不感动？”我望着她的眼睛说。她的睫毛开始颤动起来，脸色霎时变得苍白，然后转为绯红，最后脸色才恢复到常态。

“我是那种很少被这类文艺作品感动的人。不过，在我们抄写的那个晚上，显然我也被感动了。”

然后她好像要驱走我脑子里的这个想法似的，又赶紧说：

“可是不管怎么样，它是文学家编造出来的。”

“你在你弹奏的乐曲中诉说着什么？难道曲调是随意定的吗？和声是盲目配的吗？难道它不是根据内容糅进自己的思想，并且把它传达到听众心里去的吗？所有艺术表现都来自于真实的现象。小姐，它本身就会使你感动，不必求助于外界的影响。我可以扯得更远一点说，文学家用笔写的东西，音乐家用曲调谱成的音乐，画家用色彩勾勒的图画，雕塑家用刻刀刻成的塑像，所有这些，在我的心里比现实更使我激动。因为那些艺术家，他们要把内容和心灵糅和在一起的感情描绘出来，用他们的工具把内心的情感发掘出来，随后用一种形式表达出来，使你在短暂的瞬间，也和它有同样的感受。”

艾米拉显然同意我的观点，不过，她又提出来说：

“我是被小伙子的处境所感动，我觉得他那种牺牲精神实在太罕见了。”

“请原谅，我对你这个观点持相反意见，因为在一些人的心中，有一种取之不尽的财富，他们按照自己的想法，给别人幸福。可是回过头来说，我又能同意你的想法，我觉得作者是另有目的的。许多艺术家既宣扬美德，又从形式上反对这么做。因此，作品的中心思想是有的，却没有达到引以为鉴的作用。”

这时，莱伊拉打断了我们的谈话，她说：

“管家阁下，怎样才能把树林中的鸟逮住？怎样才能捕住田野里的蝴蝶？”

我用和蔼可亲的态度对她说：

“莱伊拉，我先教你捕蝴蝶。我那儿有一只漂亮的捕蝶网，你只要愿意，可以又快又方便地捕到蝴蝶。至于逮鸟，那得等有机会。”

随之，我们听见老人双脚踩在干树叶上的轻轻的脚步声。他朝我们这边走来了，身后跟着一个仆人，帮他背来一捆书。他一看见我，脸上便堆起笑容，向我招呼。艾米拉抢先把我们在谈的话题告诉了父亲。老人听后高兴地说：

“好极了，好极了，艾米拉。但愿我多活些日子，让我能亲眼看到我们这位管家成为一名杰出的文学家。他还是个风华正茂的年轻人，我真高兴发现了这颗早熟的种子。他是个人才，也许这会改变他的一生。”

他坐了下来，又接着说下去：

“我看你急着要走，不过，听我说几句简短的话没关系吧。你，或者是其他的人，心里都埋着宝藏，如果把它挖掘出来，它就能永远存在下去。我这个论点不是什么新思想，也不是只有我一个人明白的理论。每一个艺术家的心里都有这个想法，可是他们虽然这么想，却不知道要去做。我们要善于发现和收集年轻人心中的智慧，要像冶金工人开发金矿地那样去开发他们的智慧，把艺术女神、智慧美人、少女结合在一起。年轻人要牢牢把握住自己的才智，把它运用到经过自己选择后定为目标的道路上去，然后关注它，持之以恒坚持下去。孩子，这样你就能在人才济济中进行竞争。至于失去一个青年女子的那种打击，只不过像兔子在大象的圆形跑道里打了个趔趄。所以我不希望你过早崭露头角。”

听到这儿，艾米拉笑着说：

“我父亲想说的是，文学是十分需要‘试验田’的，就像种田一样。”

“你在开玩笑吧？你对自己的话要负责。”

我和先生异口同声地这么说，因为我们有相同的语言灵感。

第十章

我的生活现在由许多人和许多的事情组成，在我看来，这些人和事是我生活舞台的支柱。人如果落后于生活，或者省去了组成生活的琐事，那么，生活也就变得枯燥乏味和令人失望。

房子、树林、花园、田地；发现艾米拉的眼睛里隐藏着爱，或者有点爱意；聆听先生动人的、引人入胜的谈话；满足莱伊拉的各种要求；分派哈米德干活；晚上坐着看书，或注视着窗外，想象着从她的房间里漏出灯光或传来乐曲；在窗口看着她的身影，心既是害怕又是满怀希望地狂跳不安……这些都是我的事情。

你看我吧，一想到他们全家离去的日子，心里就会产生一种忧虑不安的情绪，似乎我将要和相处十年之久的朋友告别，而不是和他们仅仅分离两个月的关系。

听说第二天早上他们全家要走了，先到开罗住几天，然后动身到一个沿海城市去，在那儿度过夏天。

时间是傍晚了，太阳已经偏西，阳光在花园的树枝下闪烁。我站在那里照看人们收水果，这是准备给他们一家带走的。这时，我听见有一种动作很快的声音越来越近，定睛一看，原来是莱伊拉高兴地在树丛中奔跑，而且悄悄地迎面而来。她人还没有到我这儿，声音却已经传过来了：

“管家阁下，我们要很多水果，我要送给法拉努。法拉努既是我学校里的同学，又是我家的好朋友。我还要一只捕蝶网，还要……”

我的目光很快离开了莱伊拉，因为我看见艾米拉也向我走来，她像走在队列中的一匹骆驼。我感到所有迹象都是表明她想和我悄悄地说话。然而我全身打了个寒战，似乎害怕和她在一起，让她听见我心里想说的话。我心中不平静地回答了她的问候，然后向她的妹妹走去，对她说：

“莱伊拉，春天才能捕蝴蝶。当然，春天你还会来看我们的。”

这时，艾米拉说：

“我正在担心，恐怕今年会来农场多次。”

“这样我很高兴，小姐。”

“可是……你对这儿的一切感到还顺心吗？”

“那是毫无疑问的。”

她哑然失笑，两眼里闪动着讥讽的目光，对我说：

“管家先生，你就这么简单地判断别人的心？”

突如其来的问话使我狼狈不堪。这时，我想起那天晚上栽娜卜看见杂志封面上的照片、在比较她的主人和那个演员谁漂亮时对我说过的话：

“显然艾米拉小姐的心要比这个女人善良！”

想到这句话，我不禁笑了起来。出人意料的问话使我心神不宁地想起了这些。最后，我抬起眼睛望着她说：

“所有的事情从脸上就可以看出来，我的小姐，脸是一面镜子。”

我把在那天晚上和栽娜卜争论时的话回答了她。我说这句话时，脸上故意做出不容置疑的神情，这样我就能了解她的真正观点了。她突然点了点头，似乎同意我的看法，两只眼睛出神地注视着远方，根本不看我。这时候，我敢肯定，她一定是想说有关我的事情，而且从她没有虚假的表情中可以知道，她已经把这些事情告诉了栽娜卜。

我们默默地相视了一会儿，谁也不开口。她没有离开自己站着的地方，我也没有离开。我用脚拨弄着地，似乎在寻找什么。而她，简直就是一尊面对我的塑像。她把手臂伸得高高的，捏住刘海轻轻往上拉；她的头往后仰着，眼睛在搜寻树上的果实，发辫上黑色的碎发随着微风向一边摆动。我相信，她想听我说点儿什么，可是我是那么被动。我还能够肯定，我那金色的梦是我从自己愿望出发想象出来的，我幻想让时间实现我的梦想。但就是这么一个梦，它不管是在我醒着时，还是在梦中，都使我不敢往爱情的深处、或者是婚姻方面去想。我不知道这是为什么，难道是我的害羞、我的犹豫导致我往后退缩？还是应该归咎于我心里那个一直解决不了的问题：我是个穷人？

我觉得自己在原地站了很久很久。我的脑子稍微转动了一下，这时正好在树丛中看见了莱伊拉的衣服，她像只小鸟在树丛中飞来飞去。我刚向莱伊拉望去，立即发现艾米拉两脚悄悄拨弄断枝和把离我们不远处的果实收集在一起的那种几乎听不见的轻微声音消失了。

我先开口问她：

“小姐，离夏天还有一段时间，你打算去哪里避暑？”

“亚历山大。”

“我觉得你很喜欢安宁，可是你又为什么不选择一个安静点儿的避暑地呢？”

“这是我父亲的意思，也是另外一个人的意思。”

我能问她另一个人是谁吗？可是我的眼神已经对这个问题做出尴尬的表情。

“没什么，如果你想知道的话，”她说，“他是我伯父的儿子萨米先生，在亚历山大当法律顾问。他已经为我们安排好了住处，我们大家都在那里住一个月。”

我的心里立刻起了好奇心，凭我本能的感觉，我知道她和我谈到的那个人不会是我喜欢的人。不过，我立刻转换话题说：

“这样，他的孩子们可以高高兴兴地和他们的姑姑待上整整一个月。”

“他的孩子们？”她的眼神里显出惊讶，“不，他还没有结婚，没有孩子，还是个待婚的年轻人。”

“对不起。真奇怪，我的脑子里怎么一下对萨米先生有这么个印象呢？不管怎么说，他是个好人，有希望的人。我但愿他能如愿。说真的，你会经常光临农场吗？”

“我希望这样。我觉得他们能收获到大量的水果。”

我们一起朝着两个干活儿的人走去。我吩咐他们停下手中的活儿，把已经收下来的水果背回去，准备给主人带走。随后，我们走出果园，一直来到院子里。我们即将分手了，这时，我鼓足所有的勇气说：

“不再有那么一天会像我们在一起的那个没有月光的夜晚那样和谐。”

“你会有一段时间感到寂寞，但很快就会习惯农场的正常生活。我们不在，农场就正常了。”

说完，她向我道别，迈着很快的碎步朝住处走去。我用目光伴送着她，如果她能听见我心中的话该多好，我在心里说：

“你认为我人生道路上的大事是什么呢？”

“栽娜卜。”

“是，先生。”

"你认为我是诚实的吗？"

"当然诚实。"随着她的呼吸声，我听见她气喘吁吁地说。

她望着我，好像很吃惊，等待着我说什么。

"我高兴，你也高兴。可是我倒霉，你也愿意跟着我倒霉吗？"

"为了你的幸福，我什么都愿意，哪怕牺牲我自己。"

"你说的话能做到吗？"

"唉，先生，但愿有个机会能证明我说的是实话。"

这番话是我在一天的晚饭后对她说的。那天，太阳已经下山，艾米拉就要离开农场了，我一直坐在自己那张摆着食品盘子和书本的桌子前。当时，栽娜卜像往常一样，手里端着一杯茶从厨房送到我屋里来，我晚饭后都要喝茶的。当我喊她的时候，她警觉地站住了，放下杯子，像个模特儿似的笔直地站着。于是我就讲了前面的那些话，谈了我对忠诚和爱情的看法。她全身心地沉浸在谈话中，身子向前倾，一只手放在我的手里，我抬起脸望着她，温柔地问：

"你还记得上次那本杂志封面上的那个演员像吗？"

"当然记得。"

"还记得那天晚上我们谈的话吗？"

"我什么都记得。"

"艾米拉小姐也知道这事了吗？"

"我们告诉她，她会高兴的。"

随后，栽娜卜的脸色变了，不一会儿，眼泪在她的眼眶里闪闪发亮。她使劲儿握住我的手说：

"先生，能让我说说吗？很遗憾，我一直克制着自己不对你说。一切事情都是命中注定的，现在你在农民中间受他们所有人的爱戴，而有一颗心是为爱你而跳动的。平静、温柔、同情、怜悯，每一颗心爱你的程度不一样。可是你知道吗，我是第一位关心你的人？"

我顿时露出惊奇的神色，实在太突然了，这是我没有预料到的。我知道她喜欢我，但是……唉……在我们这个小小的社会里，这真是个大问题。当我把爱情的希望寄托在别人身上的时候，她却把希望寄托在我的身上，可是我会把希望寄托在她的身上吗？也许我们都是一样的。栽娜卜爱我，而我除了对她同情和接近外，并不想做她的丈夫。在这块土地上，人们的心大多数的时候就像星星迷失了自己的轨道一样，行走在别人应该走的地方。如果每个人都能找到自己的轨道，那么就不会出现黑暗、使恋人蹒跚而行。

“是的，栽娜卜，我知道你是第一关心我的人，可是……”我说。

我听见我的良心在呐喊："可是什么？你这个压迫者！你为了自己换一张面孔去面对她，还要用这张面孔去面对所有的人。她和你的情况，就好像你和艾米拉的情况，你们两人都在无畏地爱着，但是自己的灵魂又在反对良心，因为灵魂和良心各不相同。”

“你想说什么？先生。你说吧，可是……”她顿了一下，“请让我把话说完，我什么都不要，只要能生活在你的心中。我想每天早早晚晚都看见你，和你同呼吸田野里清新的空气。我喜欢听你叫我，我的生活中不能没有你这个人。我要你像爱护家里的一件贵重家具那样爱护我，这家具应该是在你一生居住的家中。可是如果有什么事情阻止我去爱，为了我的心，我认为我也必须去做。我要你幸福，要让你实现你心中在呐喊的那个梦。”

我强忍着泪，用陌生的口气说：

“怎么啦？栽娜卜。我一点儿都不明白。”

“你什么都明白，你明白我爱你，你也明白你在爱。”

“你后面的那句话，我觉得那是你的估计。”

“对不起，先生，你还记得那几个晚上吗？你得了疟疾，病得很重。连着三天晚上，我像往常那样去你那里，结果发现了你心中的秘密。

你说胡话时说了好多事情，我只要说出一件事，其余的你就会相信了。‘谁是萨利赫？在跳舞的是谁？果酱和奶油在哪里？’你发着高烧，把很多心里话都说了出来。不过你尽管可以放心，你说出艾米拉的名字，也只有我一个人听见。那天我和哈米德离开你以后，又回来独自在你的身边陪伴了一夜，然后又在他不注意之际溜了回去。那天你在房间里一大早看见了我，我对你说，‘我今天来得太早了。’”

听到这儿，我那可怜的心狂热地跳动起来，由此想到了别的事情。此刻，我想起那天晚上她熬夜陪伴我，还想起自己在梦中恍惚感到母亲坐在我床边，吻着我的额头，用手抚摩着我的脑袋，无限的爱从她指缝间流露出来。我能想起这些，我觉得自己当时时而清醒，时而糊涂，而栽娜卜对这一点是非常清楚的。

她又接着说：

“自从听见管家先生从心底里说出艾米拉的名字和真实想法的那时起，我开始发现你总是静静地听我说话，脸上毫无表情。这样一直到了小姐到来的日子，小姐向我问起了你，向我说起你的事情。

“亲爱的先生，我真心希望你们拥有高尚的爱情，希望时间把你们两颗心连接在一起。这是真话，我会像个最幸福的妻子，或者说是个最高尚的处女，一直生活在你们的身边。”

“栽娜卜，现在我相信了你所说的一切，但是有一件事我无法相信，那就是在世界上竟然还有你这样的忠诚，还有你这样的爱情。”

我感到似乎有一只有力的手把我从凳子上拽了起来，这股可怕的力量使我吻了栽娜卜。我简直不敢相信自己的眼睛，我竟然抱住了她，直到她从我的面前逃开。我刚刚站稳脚跟，就听见她在楼梯上用只有我能听见的声音哽咽着说：

“晚上你别等我，我要去送女主人艾米拉。”

人们在庆祝生日的那一天，总会说他是这一天诞生的。在我看来，他们的做法多么愚蠢。其实，生命并不是从婴儿开始，人的真正生日应该是一个人的灵魂诞生之日，也就是他找到了自己心灵的那一天，他真正开始生活的那一天。那时，他会觉得自己比大地还大，他会尽量去想象爱的欢乐，会把自己想象成像足球运动员抱住球那样拥抱着大地。你别以为我发疯了，我的口袋里一无所有，我的心灵空空如也。你会看见我站在爱的永恒的源泉边上，吸取那清新的甜水。

你也别说你累了，且慢引用这句话，心中安宁是最甜蜜的滋味，灾难降临是人心中最痛苦的，就像我曾经告诉过你那样。我是人们的榜样，我生活在梦的长河里，一点儿不觉得疲倦。

我在自己的住处中感到压抑，甚至觉得它像四堵墙在一点一点合拢，把我挤在中间，于是我赶紧逃到马路上去。我在一条沿着渠边的路上，像个发烧的病人慢慢地移动着脚步。我想象自己可以和一切东西交谈：同水、同空气、同鸟儿、同树木、同田野里的一切，甚至同蝗虫……我不需要和人交谈，我的心灵是满足的，我的精神是充实的。

我在夜幕中散步，脑子里想着这一天发生的重要事情。艾米拉到果园来不为别的，她是为爱情、为我而来的。毫无疑问，她想和我谈谈。也许，她渴望的是一场比我今天冷漠态度更热烈的谈话。我真是个胆小鬼！我在她眼里很渺小吗？可是我当时并不知道我应该做她想让我做的事。因此我的心里没有想到要勇敢些。但愿我能在她临走之前让她听到一句我祝贺她以后日子快乐的话，但愿我能摊开双手、开诚布公地和她好好谈一谈，不用拐弯抹角，也不用花言巧语。

“我的主人，我是那种很有主见、希望安拉给予尊严的人。而你是那种会把人的心照顾得很好的人吗？”

我们的心里都有沉重的负担，只要爱情还处在荒地里，我的心就感到沉重。如果我们相爱了，我们都清楚相爱是一点儿罪过也没有的，这一点我们就像对阳光和芳香那样清楚。

接着，我的思路又转到了那位先生——艾米拉的堂兄身上。这时，我突然有一种从天上一点一点往下掉、一直到地上的感觉，晕晕乎乎的。忽然，我发现自己已经站在地上，离开大路有很长一段距离了，我在从容地走着。我朝北面望去，发现不远处先生的住宅还亮着灯。我立刻加快步伐往回走，似乎是去完成一件艰难的任务。我从梦中走了出来，才会这么做。

她的窗户里晚上射出的灯光，在我看来是和我紧密相连的。我总是独自一人在自己屋里的黑暗中呆呆地凝视着它，像个天文学家观察星星似的。除了安拉，没有人知道我靠在窗口有多少时间。我只感到手臂发麻了，两眼前几乎是一片黑暗。同时我还常常有许多不正常的举动，我会不停地进进出出，也会久久地坐着，一直到夜晚轻轻唱起了它的夜曲。夜晚的微风把院子里的椰枣树和别的我能辨出的树吹得沙沙作响，我的眼前树影在晃动，我目不转睛地凝视着，似乎要抓住那微风。黑夜迈着快疾的步伐走向早晨，这时各种想法几乎占满了我的脑子。我想象着自己一直监视着她，最后做出了在她看来是愚蠢的行为。例如，我把灯移到窗前，或者是轻轻地发出口哨，同时自己还觉得自以为是。我接着又想到了别的事情上。我想到她在弹奏那天晚上我们坐在一起写小说时我第一次听见的那首曲子。此时我好像回到了那个晚上，然后，我看见她突然站了起来去了另一个房间，随即又回到窗前。她站在那里，张开双臂，好像在舒展身子，又好像在呼吸新鲜的空气。然后她把发辫甩到身后，动手把薄薄的窗帘放下来。然后……然后……最后她关上窗子，走到不远处灭掉灯。我顿时什么也看不见，什么也听不见，因为灯光是从她那儿射出来的，所有的事情也是她做的。

我呼吸着早晨的空气，恢复了体力，消除了全身的疲劳。白天来临，我又看见了农场的世界。我几乎认不得这个地方了，甚至觉得自己是在另外一个地方。我们就是这样，经常通过幻想看世界，在岁月的长河中描绘着五颜六色、千变万化的世界。

在早晨的阳光中，我情绪稳定，穿过院子去先生的住处，送别他们全家人，也可以说是去送别一个我最关心的人。汽车已经停在大门外，全家人都在行动了。有几个农民开始在帮着搬运小件行李，莱伊拉不停地上上下下，急急催促着搬运的人和走的人。随后先生出现在门口，我急忙上前去问好。他站在那儿，对我关照了农场的事情和读书的事。他还表示，如果我想去他那儿谈点儿什么，或者想得到一些指教，那完全没有问题，他很愿意经常看到我。说完，老人钻进了汽车去休息，同时也等大女儿下来。过了一会儿，我们听见从楼梯上传来脚步声，一个农民赶紧过去打开车门，艾米拉已经穿行在房前的花圃里。我不知道是如何向她问好的，但是可以这么说，我的眼睛一直注视着汽车，注视着它一颠一簸地行驶在离开农场的道路上，直至消失在远处蜿蜒的公路尽头。我收回了目光，好像一出悲剧垂下了幕帘。随后，我摇摇晃晃地走了。许多双眼睛都在注视汽车，他们没有流泪，只有栽娜卜的两眼泪汪汪的。

第十一章

艾米拉走后的好些日子里，我像一个破产商人害怕看见一大叠发票那样，一直怕去看她那扇紧闭的窗户。我的生活步伐在按照常规一步一步走下去，没有发生什么让人心灵剧烈颤动的事。我否认这是生活中的打击，相信它对所有的人来说都没有什么。

吃饭，喝茶，工作，读书，睡觉，醒来……就这样，我在毫无希望、毫无痛苦中度过了几个月. 因为担心和希望的事情没有了。我找到了自我，学会欣赏自己，欣赏别人。我还变得希望有动乱，而且是连续不断地发生在我身边，尽管我根本不喜欢这样。

正由于这些原因，我觉得必须强迫自己看小说，这样一坐下来就是很长时间，可以完全不管什么要按照生活规律度过夏季和秋季之类的话，因为那些都是麻烦的事。

寒风吹黄了树叶，阴冷的夜晚乌云密布，初冬宣告来临。我开始想念他们，于是就准备了一些应该和法里德先生和艾米拉小姐谈谈的事情，然后急急启程去开罗。

我把栽娜卜称作“可爱的魔鬼”，她在我动身之前悄悄地对我说，要我在开罗好好享受一番和艾米拉小姐的甜蜜相会。于是，这个念头在长长的路途中，一直转动在我的脑海里。我的脑子里已经设计出一百个和她见面时的情景，并且逐一进行比较，选出其中我认为是最美好的一个。

冬天的太阳无力地高高悬挂在开罗的天空中，我站在郊区的一幢房子的门外。我朝花园望进去，里面树草满园。身处这样的地方，令我情不自禁想起了已经逝去的那个夏天，又回到了当时为了这份工作时那种忐忑不安的境地。我突然发现今天自己的心跳得比那时更加剧烈，心情也更加迫切。我看见有一个年轻人从花园里对着我走出来，他一看见我，便凭着想象知道我是谁了，于是立即进去通报。我刚刚看见他的人影,转眼又在眼前消失。不一会儿,他出来把我带进会客厅。

我的眼睛在客厅四周转了一圈，客厅很大，有一种安宁的感觉。我没有羡慕，也没有忌妒，在这块地方，除了艾米拉一个人，其余的一切都与我毫不相干。

我已经有很长时间没有看见她了，至少我是这么想的。为什么我老猜想是她来见我，而不是先生来见我呢？事情就是这个样子，在我的想象中，只有她来见我才是合乎常情的，至于别人，那都是不正常的。

我听见了从走廊上传来的脚步声是从容不迫的，这使我立即猜想是先生来了，心中的希望火焰一下子熄灭了。我的眼睛盯着门口，注视那个我听见他的脚步声、又不愿意看到他的进门者。然而，出现在我眼前的却是一位年迈的用人，他一直在走自己的路，没有朝客厅里瞥一眼。我松了口气，重新等待。又过了很长时间，我只能在厅里看画、看花、看家具。终于，我又听见了脚步声，声音很重。我马上控制住自己的心，以免它负担太重。

艾米拉身穿一件羊毛衫，披在肩上的外衣随着她轻盈体态的扭动一颤一颤的。我注视着她走到门口，然而在她即将迈进房门的片刻，她却站住了。她的嘴边浮现出甜蜜的微笑，两只大眼睛在微笑中闪闪发光，长长的睫毛在颤动。我激动地刚要上前问候，她却抢先说：

“早上好！”

“早上好！”我话还没有到嘴边，全身已经在喊叫了。

她在旁边的椅子上坐下。这时我觉得自己和她的距离，就像开罗和农场那么遥远，因为我们两个人的地位都没有变。接下来，我们陷入沉默之中，她不说话，我也不说话。就这样，我们沉默了一段时间，直到双方缓了缓气息。也许这样对我来说是对的。最后，还是我打破了沉默，用讨好和关心的口气说：

“但愿法里德贝克先生如我们希望的那样健康、一切如意！”

“他还不错，安拉保佑。由于你也知道的原因，他起床都很晚。”

“又熬夜了，”我笑着说，“只要他的眼镜配好了，他的文学创作就又有成绩了。”

艾米拉笑了起来，她明白我说的意思。我是在让她想起抄写那个恋爱故事的晚上。接着她说：

“我也很关心你好不好。”

“我很好。”

然后她沉默不语，我也一言不发了，我们似乎都找不到要说的话。我凝视着她的面容，突然发现她脸上刚进门时的表情消失了。现在她的脸上什么表情也没有，我的心里像被插上了一把刀子。我的希望在消失，呼吸一下子平静下来。我骤然有了一种想睡觉的感觉。当我听到她那么简简单单的回答，觉得自己有一种想把她一口吞下去，或者是把她弄哭的想法。我愤怒极了，不过，还是控制住自己，说：

“莱伊拉好吗？”

然后我根本不管她回答还是不回答，只顾自己说下去：

“我会从开罗带回去一个捕蝶网，我曾答应过给她的。这样到了春天就可以用了，各种色彩的蝴蝶都会高兴地自投罗网。她们这个年龄的人是最开心的，她们对待生活简单、自然、真诚，而……”

“过了她们这个年龄呢？”她打断我的话。

我搓着双手，目光注视着墙上的照片，说：

“那就需要借助照相机了。我是说她们的心灵最能反映生活，照得美还是不美，全看照相人的意愿。”

我说话的声音和满脸的表情，无疑表明了我的内心十分激动。

我多么想对着她发一通脾气，可是我又不知道说什么才好。我想提醒她，她的心曾经告诉过我什么，使我热血沸腾，对她欲罢不能。自从我们在一起抄写的那一天起，我的心就经常放在这个人的身上，总是想看到她。那些人总让我想起她，可是我见了她却又像见到敌人一样。后来我爱上了这个敌人，而且总有一种想拥抱她的感觉。

她抬起眼睛望着我，眼睛里有一种我认为是挑衅和刺激的目光。她用一种满不在乎的口气问我：

“你会照相吗？”

“怎么样的照相？”

“照相有各种技术，我说的是使用照相机的技术。”

“我不会摆弄，也弄不懂它！”

“我也是这样，事情也是这样，所以在照相时，必须请教专家，才知道怎么控制焦距。”

她坐在椅子上，用手拍打着扶手，眼睛一会儿朝着天花板，一会儿朝着地上，就是不和我的眼光相遇。我说：

“这样的人有很多。”

“对我们来说，不需要很多这样的人。我伯父的儿子萨米先生就精通照相。我们在亚历山大的那段时间里，他曾为我们几个在好景致的地方照了各种姿态的照片，我还说，通过这些照片，我成了这门艺术的模特。”

说完，她望着我。我感到自己的心好像碰到了炭火似的炙热。年迈的女用人进来了，手里端着盘子，除了像平常一样送来茶水和其他东西外，还对我们行了个礼，然后放下东西悄悄退了出去。在女用人进来、我们俩不能交谈的这段时间里，我已经下决心要将谈话引入正题。我的心在责备自己为什么去乞求她爱我。

我们开始喝茶。她看上去很愉快。我说：

“我希望得到你们的同意，我想在这几天把饲养棚建起来。至于养蜂房，最适合建的时间是在夏季。”

我们的目光相遇了，我赶紧把目光移向茶杯，注视着杯子上的图案。我听见她说：

“从我来说，我不反对。如果我父亲也同意的话，那么就可以最后决定了。”

“他知道我来吗？”

“还没有告诉他，我不想影响他，想让他多睡点儿时间。农场情况怎么样？”

我故意用平常的目光注视着她，说：

“时机未到，或者事情刚刚开头，还处在萌芽时期，有的人就谈论起那件事来，也许这是很不明智的。如果我对你这么说，今年的收成会增加一倍，盈利也会翻一番，可是万一——但愿不会这样——结果和我的估计相反呢？因此最好还是让结果、甚至是会计来告诉我们吧！不过，我想简单地再说一句，那里的一切还尽如人意。”

“真令人快乐！”

我看见她轻松地用手托着脸颊，手臂伸展在椅子的扶手上。看来她对我个人很满意，她在间接地鼓励我可以谈谈我们两人的事了。可是我对她的愿望故意装作不理会。我说：

“那里的一切安排，你们尽可放心。”

她离开了座位，说是去叫父亲赶紧来，然后走了出去。她一离开，我长长地叹了一口气，对自己的事情毫无办法。

先生很快来了。他满面春风，显得见到我很高兴的样子，好像是老朋友相见。他开始谈很多的事情，谈到冬天有许多麻烦事，老人最忌冬天；谈糖尿病和得这种病的人有许多痛苦。他说：

“孩子，照我看来，得这种病的人就像是玻璃瓶中一件精致的小玩意儿，水温一点儿都不能有变化。得了糖尿病的人还会得结石。”

然后他开怀大笑起来，就好像那些自以为世界还没有从他们那里得到什么，他们却先得到了世界的人。我在会见他时十分敏感，我知道自己在这种时候唯一的感情，就是忌妒他。

艾米拉没有离开很久就回来了，和我们坐在一起交谈。我们谈了很多，最后才谈到农场里的事情。老人表示同意建饲养棚。艾米拉说：

“爸爸，你能不能和我一起去那里看看那个漂亮的景致？”

我望了一眼她父亲，从他的眼神里明白了他的意思。他一个劲儿地笑着，用沉默不语作为对女儿的回答。突然，艾米拉对他说：

“我觉得没有关系，反正冬天才刚刚开始。如果那里很冷，你高兴的话，我可以让你用暖炉取暖。”

老人表示同意她的意见。

接下来，我们的谈话就比较零散，我知道必须告辞了。于是我向他们借了几本书，便离开了那里。我朝郊区车站走去，准备乘车到开罗市里。在那里，除了让我怀念的朋友萨利赫外，我还会找谁呢？

我从壁箱里掏出钥匙，插进门锁里开门。我的嘴唇边挂着温柔和满意的微笑，心里对自己说：“他绝不会搬走的，萨利赫不会搬走的……他像狮身人面像那样跪着注视岁月！”

职员们回家的时间到了，门被推开，我一眼看见萨利赫站在我的面前。我们怀着友好、忠诚和怀念的心情互相拥抱，然后他甩掉鞋子，舒服地躺到床上，谈论着各种各样的事情。

他高高的身材有点儿偏瘦，那种暴躁的性格已经消失了，大大的眼睛里有些许魂不守舍的神色。我尽量不让他唠唠叨叨，而是干脆把话题扯得远远的。他被悲观的痛苦情绪控制着，这种情绪与我们往常所了解的他的开朗性格截然相反。过去，他总是喝酒、交女友、过度熬夜。他觉得人生苦短，应该尽情享受。然而现在的他，所做的这一切显得像个大限已到的人，也像那种家里没有给他压力之前、他就挥霍浪费的人。

他在和我谈到他的最后一次恋爱时说：

“朋友，你是知道的，我爱过许许多多的人，有的是姑娘，有的已不是姑娘，那时候我几乎把恋爱当成了一种职业。我只知道其中的好滋味，只知道爱情的甜蜜，却根本没有热情。这样一直到了我和那个舞女建立了关系。她一站到我面前，我就明白她是个什么样的人了。从前，多少风情万种的女人拜倒在我的脚下，都被我拒绝了。我是笑着离开她们的。”

朋友沉默了片刻，把脸避开我，用手掌猛击着额头，好像在告诉我头痛。我面对着他问：

“后来呢？萨利赫。”

“后来？后来我变成害怕遇见漂亮的姑娘，害怕恋爱，心里总是空荡荡的。我不打算在舞厅一排排的人中间看到她，也不愿意看见她穿行在椅子边和坐在人的脚边。我很快就离开了她，转向另外的对象。但是不管怎么样，我还是爱她的。”

“然后你就知道人的心灵创伤是可以愈合的，就像扁桃体可以摘除一样？”

“唉，朋友，别嘲笑我了。我是一本有关爱情的辞典，里面只缺

‘爸爸’两个字。经过最后一次的恋爱，我这本辞典完整了。这是一本黑皮封面的辞典，里面记载着痛苦的岁月，但它却是恋人们的参考书。”

我笑笑对他说：

“我有事情要请教，允许吗？”

他注视着我的脸，好像不相信似的。于是我装出一副开玩笑的模样说：

“不过我在没有知道你收取多少报酬之前，决不会向你提问题的。”

“对你免费。”

“那么，这样就很好。请问，当你和一个姑娘谈起她的脸庞、她的蛀牙时，她什么解释也没有，可是她的眼睛里分明含着爱慕的神色，你说这是怎么回事？怎样才能使这位姑娘把她的爱表达出来？”

萨利赫用手拍打着自己的脸颊，闭着眼睛，犹如在回想什么事情。沉默一段时间后，他望着我说：

“这个问题是进入我这部爱情辞典的第一道门，也是对于我的心能否融进她心里的第一个考验。如果她对我没有这种感情，那就对不起了。不管怎么样，我给予她的回答是相当干脆的。不过，你有必要回答几个问题。”

我的眼睛里露出疑惑的目光，我以为他想探寻我的秘密。可是当我准备回答他时，他却说：

“你认为她长相出众吗？”

我的回答是相反的，我说：

“如果用你的眼光、而不是我的眼光来看的话，你会觉得她很丑。”

“那么，你必须向她表明你对她的爱情。这一类的姑娘，她们的心里总觉得自己没有出众之处值得人爱慕，所以都比较自卑。在大多数的情况下，还比较保守和克制，而且会尽量完善自己的天生不足。一旦出现了值得信赖的爱慕者，她们便会觉得他是个合适的人选，然后缠住不放，并且自愿投入对方的怀抱。”

“朋友，如果姑娘是个相貌出众的人呢？”我改变了原来的话。

他先皱起眉头，然后自信地笑笑，说：

“如果是这样的话，那我就有个新问题了：她认识的那个小伙子，是和她同一个社会层次里的吗？”

“不是的。”我做了否定的答复。

“那么，她爱那个小伙子无非有几个令她动心的地方：脸蛋漂亮，或者是风度翩翩，要不就是为了填补心灵上的空虚而找个恋人。干脆地说吧，通常小伙子只能接受她一次，然后对她说：‘再见了，我希望你一切都好。我要出远门，不知何时才能回来。我的生活情况使我不得不这样做。’说到这种地步，小伙子已经打开了安全阀门，从姑娘围住的绳索中挣脱了出来，然后再对她说，‘但愿你如意’。我可以向你肯定，他会从姑娘那儿听见同样的一句话‘但愿你如意’。”

我听后笑了笑说：

“如果姑娘认识的那个年轻人属于她那个社会层次里的人呢？”

这下子萨利赫坐立不安了，说：

“你是在向我挑衅吗？为什么还不告诉我？我是本辞典，你听见了吗？如果姑娘认识的那个年轻人属于她那个社会层次的人，那么我又有另外一个问题要问。”

“说吧！”

“他们的层次谁更高些？”

“姑娘。”

“朋友，显然是你在找对象了。”

“你怎么知道？”

“看你的眼睛，你的眼睛里有一种我以前没有看见过的神色，你的眼睛过去毫无光泽。我看你是急切地想找到答案。”

“你说说看吧，是什么让你这么自信？我还不知道什么叫爱情。”

“骗人！我看见的和你说的偏偏相反，你骗人，真的。你的一切都在提醒我你恋爱了。你说完最后一句话望着我的神情，完全像望着一位法官的嘴。爱情是把锋利的刀，它会让你流血，你却不觉得痛苦。你在它的前半场中，尝到的尽是甜蜜的滋味。反正这一切都与我无关，而与我有关的是，你认识的那个姑娘是不是想把你抬高到她那个层次里去？”

他用手遮住眼睛，仰面躺在我的旁边，然后沉默了许久。我张皇失措地和他说着话，但不知道自己说了些什么。

“如果姑娘是想抬高我呢？那又怎么样？”

他凑近我，吻着我说：

“祝贺你了，你是优良的土壤，爱情会改变你的未来。你会出人头地、开花结果的。你是个文学家，怎么能生活在没有爱情的生活里呢？除非你也像我们一样，是生活在大地上、放任在田野里的鱼。你不像我，我是属于迷恋她们身体的那种人。我了解你，你是那种要获得心的人。香气沾上了你，就会给你带来光辉。如果烈火燃烧了你，我们会从你身上闻到沉香的好味道。

“听我说，朋友，现在的问题是你要好好听着。除了这个姑娘，你还能找到比她更好的姑娘吗？我认为你天生怕羞，但是这件事是必须做的。你尝试过就知道这是一剂苦药，就像人们在医生的指导下紧张地喝酒一样。我的意思不是叫你去勾引姑娘，我是说你要把姑娘当作你的朋友或者亲戚来看待。按我的做法是，你要两眼满怀着爱意去注视她，如果……”

我打断了他的话：

“那么，我必须成为一个演员！”

“演员？我们都是演员。如果我们每个人都向别人宣布自己是骗子，那么别人就不会爱你。你没有读过报纸上有一次刊登过的那篇文章吗？一位西班牙人发誓活着再也不欺骗人了，结果他死了后，没有一个男人、或者女人、甚至孩子去他的墓地哀悼他，唯有马车拉着他的尸体驶向荒野的坟地。这就是说，社会告诉每一个人，你只有当骗子或者伪君子，才会有人爱你。

“我认为你该行动了，朋友。我劝你换上一张充满爱意的脸。说得艺术点儿，我并不想从你那儿得到报酬，也不用你感谢。”

我们俩都笑了起来。

“我要谢谢你，你这本活辞典！”我说。

然后我向外面望去，只见白天已经过去大半，太阳偏西，它在叫我该离开开罗了。

在夜色中，我回到了农场。我穿过院子，刚走近自己的住处，便从窗户上看见屋子里亮着灯。我立刻想到有个女人焦急地走来走去，等待我回来。这个人只能是栽娜卜。

我还在楼梯上走，就已经听见了房门打开的声音，接着又听见她出门来迎接我的脚步声。她用审视的目光看着我，手里提着一盏灯为我照明，嘴边浮着甜蜜的微笑。她说：

“安拉保佑你平安回来。”

我和颜悦色地笑着回答了她，然后坐下来静静地吃晚饭。她来来回回老看我，好像有什么事情想和我说似的。当她失去耐心时，我听见她说：

“我看你在途中累了。”

“不是很累。”

“发生了什么不愉快的事吗？”

“没有。”

“你好像很忙。”

我没有附和她的话，而是说：

“难道你要我闲得连脑子也不工作吗？忙忙碌碌才是个正常的人。有些项目最近我们要动工了。”

一段很长时间的沉默。过了一会儿，哈米德进来了。他一进门就说：

“你不在农场的日子里，我们大家成了农场里的陌生人。显然，你在我们的生活中是不可缺少的。”

又过了一会儿，栽娜卜走了。只剩下我和哈米德两个人，我们谈论着农场里的事情。我告诉他，最近法里德先生和他的女儿要来这里，我认为在那里建饲养棚比较合适。最后哈米德也走了，我就稀里糊涂地睡着了。

第二天晚上，栽娜卜还是没有刺探我秘密的意思，于是我忍不住告诉她：

“栽娜卜，我们的见面并不像预料得那么好，纯粹是一般性的见面。我可以这么说，见了面很冷淡。”

她惊奇得睁大了两只黑黑的眼睛，沉默片刻后说：

“绝不可能，先生。我了解女主人艾米拉，即使她的身上哪里着火了，她也不会喊叫的。应该说，她是个过分稳重的人。我可以向你肯定，她是爱你的，但是又克制着自己，其实根本不用克制！”

“你知道萨米先生的事情吗？”我问。

“噢，我想起来了，”她说，“我见过他两三次，在这儿一次，和小姐一起去开罗住了不长时间中有一次。你完全可以放心，这个年轻人没有什么，只不过是艾米拉伯父的儿子。这一点我很清楚。”

时间一天天在流逝，我一直处于繁忙之中，处于一个男人自认为没有忌妒、但每天还免不了对萨米先生有一两次的想象中。我是怎样来想象他的呢？我首先在镜子里看自己的模样，看自己整个身体的模样，然后找出它的缺点，又把缺点抹去，换上令人满意的优点。这样，一张十全十美的男人图像出现了，概括地说，他就是我想象中的萨米先生。这时候，我会感到很悲伤，觉得十分痛苦。因为我凭空想象出来的对手，是个十全十美的模特儿。我立刻开始退缩了，哪一个女子不希望找个外表英俊的男子？我们男人对女人的要求常常没有这么苛求，对漂亮的标准往往就是要有女子气。她们女人为什么不是这样要求男人呢？不，我认为不是这样的。如果两个男人都不知道自己是不是被爱，其中一个很英俊，那么，这个英俊的男人在爱情的对手中是个领先者，他会获得对方的欢心。如果这样的话，再加上他的心灵美，以及对人真诚，这就足以最后确定关系了。很多女人都喜欢英俊的男人，就好像喜欢那种用木头、粗布垒起来的凯旋门，涂上各种颜色矗立在那里，看上去犹如昂贵的大理石，可是用手一摸就出洋相了。

我无从知道主人他们来农场的日期，只知道他们近期要来。因此，我每天从田里一回来，眼睛便望着那个窗口，心里但愿他们已经来了，而我在远处不知道。我常常在寒冷的深夜从床上爬起来，打开窗户向远处眺望，希望从那紧闭的窗户里看见漏出灯光。同样，每天早上我也这么做。我有时问自己为什么要这样做，得到的回答一会儿是因为我爱她，一会儿是因为我仅仅在等待这一家人的到来，担心是等待的自然现象。

那一天，太阳没有从西面茫茫的地平线上完全消失，还露着那么一点点。突然，我们看见一辆汽车伴随着夜色的降临朝农场驶来。听汽车的喇叭声，我们就知道那是法里德先生的车。过去那种景象又呈现了：人们纷纷打开窗户，急着要见到他们，每个家都有了生气。晚饭时分，栽娜卜没有来，艾米拉一到农场，她就忙碌了。我吃过晚饭，立即下楼去先生的房间。当我穿过屋前的花圃、还没有进房门的时候，突然感到全身微微颤抖。我认为那不仅仅是寒冷的缘故，而是因为我害怕进房门，我心脏的搏动简直和我上台阶的脚步在比赛。但是不管怎么说，我是渴望见到她的。我多么希望在向她问候之前对她说："啊，不管怎么样，我多么想见到你，我爱你，又恨你，你能想象得出吗?我爱你，因为你值得爱；我恨你，因为你该被恨，这就像有人既喜欢麻醉品，又恨麻醉品。你真是个让人神魂颠倒、心灵出窍的人！"

也许是纯粹的偶然，我在两间屋子的走廊里遇见了她。我不能断言她这么急急忙忙是为了要见我。我像说梦话似的咕咕哝哝地向她问好。我看见她伸出手来和我握手，于是我张开似乎没有神经的手掌和她握了握手，眼睛注视着她那双审视的眼睛。我以为她会问我的情况，会对那天我们在开罗见面的尴尬场面表示歉意。

我走进先生的卧室，显然，他没有准备在刚刚抵达农场的这个寒冷的夜晚里看书。他半倚在床上，身上裹着厚厚的毛毯；他的床边放着一只烧木炭的火炉。他像往常一样友好地见了我，我在一张椅子上坐下，然后开始说话。

话题首先涉及的是我们的收成，安拉保佑，我们一切都还不错。先生赞扬了我的努力，对我的成绩进行了鼓励。艾米拉进来了，她在我座位旁边的另一张椅子上坐下。于是我们一起预算新项目所需要的费用，一致同意明天就出发，去萨巴努拉回栅栏。有一段时间里，我和他们谈建造饲养棚所需要的条件、建筑材料，如木料和铁丝之类的东西；怎样挑选鸡种，怎样知道它生过蛋还是没有生过蛋；还谈了挑选优良兔种和鹅种的事。先生饶有兴趣地听着，至于艾米拉，我认为她被我的话深深地吸引住了。

两个星期刚过，我们就围起了栅栏，并开始饲养家禽。晚上，我们用两只良种狗守护。我在深夜里听见狗的叫声，总有一种奇妙、美好的感觉。

两个星期以前我只能在自己的幻想中庆贺的那份爱，它多么像不完全的、残缺的胚胎。它没有活力，人们希望它有活力；它没有死亡，人们又为不幸而哭泣。理智的、富于幻想的人不能永远地生活在幻想之中。一段时间过去了，期望出现奇迹的人们，总觉得什么也没有出现是个巨大的损失。因此，我迫切地希望自己干一件针对艾米拉的事。我想，那件事情要么使我们的爱情复苏，要么使我们的爱情死亡。我对这个行动的决心已经达到了顶峰。接下来我又想到艾米拉对承受气恼的程度。考虑到我这么做超出了工作的范围，是不高尚的。于是我又回到犹豫不决的地步。

我们两人的爱情，从她这方面来说，这两个星期中完全没有新的起色。相反，自从第一次后，她没再有多少好的表现。有几个晚上，我们和先生一起谈话时，她显得漫不经心、犹犹豫豫的样子，好像有种难言的苦衷。有一天晚上，我问栽娜卜对艾米拉的看法。她显得忧心忡忡地说：

“先生，我看她是有点儿不正常。我觉得她顾虑过多，心神不宁，话也很少说。以往我们经常在一起唠叨大大小小的事情，可是这一次，我发现她对任何一个话题都提不起兴趣。不瞒你说，我也感到纳闷，不知道这是为什么。”

说完，她失望地抖动着双肩。

一天早上，那是他们在农场小住的最后一天早上，阳光明媚，天气暖洋洋的。一些鸟儿也上当了，叽叽喳喳地在树林里叫个不停，以为春天来到了。那天，我从田地里回来，穿过树林里果园中间的那条路。我在那个地方，也就是在路口、我原来疏忽的地方建了一个鸡棚。当我快走完那条路拐进树林口的大院子时，一件绸缎衣服在我眼前一晃。我看见艾米拉坐在进口处后面一点儿的那个没有树木、充满阳光的宽阔的空地上，她在打毛衣消磨时间。这时候，我们很容易看见这位女主人，因为她和我们只相隔了一道铁丝网，铁丝网上稀稀拉拉地长着一些攀藤植物。我继续往前走着，一直走到了和艾米拉小姐平行的地方，才举起手向她问早安。我看见她停下了手中的活儿，高声回答了我的问候。

我不由自主地放慢了脚步，最后竟完全停住不走了。这时，我听见艾米拉问我：

“你是从鸡棚那儿过来的吗？”

“是的。”

“你看见家禽都好吗？”

“都挺好的。”

当时我站在铁丝网外边不到两英寻远的地方，她坐在一个树墩上，我们之间的距离不超过六米，树林的入口处离我只有几步之遥。其实，我当时没有什么事情要与她隔着铁丝网交谈的，可是我却这么做了。我站在原地回答了她的问话，随即看见她一边朝铁丝网走来，一边用一种带点儿恼怒的奇怪口气说：

“好像我们现在谁都站在被告席上！”

我没有说什么，而是沿着铁丝网一直走了进去。我一开始就板着脸对她说话：

“那么小姐，我是站在被告席外面的！”

她笑了笑说：

“你忘了，我说的是‘好像我们每个人’，并没有具体说哪一个人呀。你对这种说法不满意吗？”

“不。不过如果你一定要把我也算进去的话，我心里就觉得我也成了坏人。”

“谢谢你。我的话没有别的意思，只是笑你站得太累了。”

我立刻坐了下来，我们之间相隔不远。我们沉默了一段时间，在这段时间里，她一针接一针、动作灵活地打着毛衣。在她敏捷的动作中，她想掩饰自己的手在微微发抖。这时候，我急忙望着树木和田野，然后看自己的指甲。在沉默的时候，我告诉自己应该说话了，于是开口说：

“我觉得你是想用打毛线来冲淡对弹乐曲的兴趣。”

她笑了笑，两眼仍然盯着手中的活儿，笑着说：

“不对，那是两回事，用打毛衣来反对弹乐曲的说法是不对的。”

“那么，那就是冬天的罪过了。”

“怎么会呢？”

“夏天的夜晚，窗子全打开的，你可以让优美的乐曲飘进我们的房间，你把我们从乡村的宁静引向诗情般的美妙的气氛中。至于冬天……”

“冬天是个荒凉、寂寞的季节。”

“至少对我来说是这样的。”

“你就这么喜欢听我弹曲子？”

我控制不住自己，长长地叹了一口气，心脏随之剧烈地跳动起来。这时候，我看见她停下手中的活儿，面对着我，想听回答。我们两个人都望着对方，僵持着，于是我说：

“你弹什么曲子我都喜欢听，我能背出你弹的曲子，特别是有一首曲子，如果你在我睡着的时候弹起来，我在睡梦中也会听出来。”

她笑了起来，笑得那么高兴。她又问道：

“你说得过分了。那么你说说看，是哪一首曲子这么吸引你，使你印象深刻到这种地步？”

“怎么说呢？反正曲子的名字我不知道，但是我的心知道它，它的每一个音符连接都有特别的意思。每当你弹奏这首曲子时，我的脑子里立刻会想起第一次听见它的那个晚上。”

“好，那么你能不能说说我是用什么方法弹奏它的？”

“我能说出来。你还记得我们一起抄写小说的那个晚上你弹奏的曲子吗？那天晚上，先生喊我去，你在东面房间里，我一进门，便听见空中飘荡着你弹奏的悠扬的曲子。你还记得那首曲子吗？”

艾米拉把手指放到了嘴边，翻翻眼睛，然后说：

“是的……我想起来了……是那首曲子。奇怪，你竟然会喜欢它。”

她的眼睛里显出遗憾的神色，我立刻说：

“它会这么吸引我，我自己也感到奇怪。我一直认为这是你弹奏得最动听的曲子。”

“也许当时你十分悲观，所以就格外欣赏？”

“怎么会这样呢？”

“因为这是一首很悲哀的曲子。音乐教师告诉我说，这首曲子最大的成功之处，就是它表现了失望者看到希望突然破灭时的悲观情绪的波动。但是曲子的名字并没有完全表达出它的意思。”她说。

“这首曲子拥有一大批的听众，因为人在有些时候也需要眼泪，甚至还会感到它对于人的心灵是需要的，就像人的身体对粮食的需要一样。小姐，我确确实实认为生活中的悲剧多于喜剧。”

“这样的说法是对的。但是在人的心灵中能有这种感情，通常是因为人经过了残酷的考验，然后他立刻会用合理的目光重新注视生活。我说的目光，就是指希望战胜怯懦的目光。”

她向我投来深沉、平静的眼光，好像她已经窥探到了我心灵深处的秘密。我在自己的座位上烦躁不安起来，有一种想站起来的冲动，但是我还是忍着听她说下去。

“拿我个人来说，自从母亲去世后，我就体会到了这些问题。当时我只有八岁，对生活的了解只有一般八岁孩子的程度。但是在母亲过世后，我对世界持否定的态度。很久以来，我的脑子里一直深深地印着母亲盖着白布躺在床上的情景，甚至在玩耍、吃饭、休息的时候也抹不掉。我的身体从来没有得过病，但是我却显得疲倦、消瘦。在很多时候，我总忘不了经历过的这一切，忘不了在这种处境中得到过的关怀，因为关怀能使人从悲伤的回忆中一点一点走出来。”

“我的主人，所谓生活问题，我认为也就是人必然会在生活中碰到的事情，然而这个必然对生活会有妨碍，于是人们就奔波忙碌，而妨碍依然存在，必然碰到的事也抹不掉。到了这种时候，人的心里会涌起悲哀的浪潮，而且很少能从这种精神状态中摆脱出来。”

我们就这么说着话，我的脸向着她。当我不看她时，她又埋头织毛衣，回到她的毛线和棒针之中，做出一副什么也没有听见的样子，也好像是很长时间没有听我讲话的样子。不过，她的脸色在不断的变化，好像有人在解决她脑子里的问题。尽管太阳是暖洋洋的，我却感到冬天的寒意。阵阵的惭愧不时向我袭来，我后悔自己前面说过的话。我很快把话题转向正常的轨道，提高嗓门儿说：

“听说你们明天要走了？”

“是的，明天走。”

“那么，吃过午饭后，我给你们准备一些你们喜欢的水果。”

“这样很好。”

我从座位上站了起来，说：

“还有没有我能为你们办的事？”

我直截了当地提出问题。她停下了手中的活儿，眼睛没有朝我看，说：

“对，我还有一件事。”

“我会立刻叫人去办。”我殷勤地说。

她在位置上望着我，目光像锐利的短剑锋芒毕露。她问我：“你准备为我做吗？”

“当然准备。”

“你能发誓吗？”

我冲动地说：“我向我最亲近的、给予我生命的人发誓，我会去做你要我做的一切。”

她笑着说：

“我但愿你重新看待生活中必然会碰到的事情。我希望你别把我当成是扰乱你心境的好事者，别在意夸张的东西，它只会使事情更加模糊和麻烦。如果我弹的有些曲子会扰乱你的心情，我将尽可能不弹它们。”

说完，她收回那悲伤、迷恋的目光，伸出一只手拿手套，另一只手张开准备戴上。我仍然伫立在自己的位置上，离她很近。我低着头，看着她那张开的手，然后又很快挺直了身子。我看见她的眼睛里射出惊奇的目光，她说：

“那里是什么？”

“什么也没有，是你手里的毛线扰乱了你的视线，别人什么也没有看见。”

她用惊奇的口吻说：

“类似这种看手相的事情你很相信吗？”

“在很大程度上不相信，但是人的心灵常常喜欢窥探神秘的洞穴。你在黑暗中看，在黑暗中猜想，然后做出错误的判断、造成过失。”

她的心里涌动着一个欲望，于是问我：

“你知道这错误指的是什么吗？我绝对不再去尝试看手相了。”

我带着担心和希望勉强微笑着说：

“让我来说的话，我首先要说看手相是毫无用处的。”

我强迫自己在说话时不让她误听一个字，我故意做出治愈了心中创伤的样子。在失去这个机会之前，我要对她偿还一笔债，一笔压在我心头的债。艾米拉在这个机会中表现出了女人的懦弱、细心和轻易相信的特点。我说：

“小姐，你的一生中将会有重大的事情发生。”

她显得相当恐惧，尽管做出一副漫不经心的样子。她说：

“你这个说法很有伸缩性，所有的解释都能套上。”

“这是艺术家们经常说的话，但是请相信我说的，你的一生中会有重大的事情发生。是什么样的重大事情，这我就不知道了。”

“那你就等着看吧！”

然后我低下头向她致意，赶紧从她那里逃脱了出来，留下她在迷惘和心神不宁中戴手套。

最后一个晚上大雾弥漫，我们一直感到暖洋洋的。天空被厚厚的一层云雾遮住了。我像被人用鞭子抽打似的，在住处的几个房间里窜来窜去。我不想睡觉，不想读书，也不想做任何事情，只是在心中受着快乐和痛苦的煎熬，除此之外，我对周围的一切熟视无睹。

就在这样的处境中我度过了那个晚上。最后我打开窗子，像以往那样眺望艾米拉的窗户。我倚在窗边，远远看着它，但什么也没有看见，只有从关闭的窗户里露出来的一丝微弱的光。我没有离开窗口，好像专门在观察星星似的。我把另一间屋子的灯打开，把百叶窗也打开，关上玻璃窗，如果她关注我的话，就会知道我整夜都在望着窗户。不知过了多长时间，我在黑暗中看见她的窗户后面有个影子在晃动，然后看见的正是她，随后就消失了。寂静的灯光在流逝，我的心在加速跳动，随后，在这万籁俱寂中传来了她的琴声，是那首我很欣赏的、令人伤感的曲子。她在早晨曾许诺不再弹这首曲子的，为什么她要这么做？我对她实在是迷惑不解。

清晨来临，汽车将载着这一家人向开罗驶去。先生显出疲倦的样子，似乎一整夜没有睡觉。艾米拉在向前来送行的人们的问候做答谢，但是没有对任何一个人抬眼看一下。

第十二章

自从她走后，我的生活又像以往那样按照它的规律在过去，就好像油顺着水流过去那样。我对生活没有特别的目标，对岁月没有新的要求，对时间也不抱任何希望。

我暗自在心里说，忘记她吧，这样倔强的个性我是忍受不了的，况且她在我的手中是那么摇摆不定，好像是指尖上的反复无常的恋人。我不让栽娜卜插手艾米拉的事。没有什么事情可以让我动情的，只有当栽娜卜在厨房的煤油炉旁常常吟唱的那首歌飘入我耳际时，我才会动情。那首歌的歌词是描写农村人失恋和思念远去恋人的。

我觉得忘掉她的最好办法是强迫自己多干体力活儿，这样心情就会放松。于是我整天在农田里劳作，即使到了晚上，我吃过饭稍作休息后，便埋头看书、看杂志，然后动笔写东西。写什么好呢？我把所有在我脑子里的事情写下来，记下每一件倾注我感情的事，不管想法好坏和内容是否完整。因为我要把夜晚熬过去，要把她忘掉。然而我在更多的时间里，写的都是和她说的悄悄话。

有一天晚上，我想在对我一生来说十分重要的两件事情上碰碰运气，于是熬夜写了两封信，第二天早上就投寄开罗。

萨利赫兄弟：

今天我给你写信，不是开玩笑，是说正经的事，是想请你为我指点一件事。眼下它残酷地消耗着我的精力，使我夜不成眠，白天备受煎熬。你这部收进“希望”“熬夜”“眼泪”这些字词的伟大辞典啊，我要摆脱爱情，要像眼泪挤掉灰尘那样不让它来纠缠我的心，要让我的心保持平静和高尚，使它在和情人相处时，被认为是一颗没有受过伤害的心。你能指引我这个方法吗?

如果说我的道路上布满了荆棘，那么，你住到郊区来也会这样的。就是这件事，忠诚的兄弟，也许你能帮助我排忧解难。

随着我的这封信，你对我的恩情又将加深！吻你。

至于第二封信，那是我熬夜编了一个短篇小说寄出去，小说的情节和人物都是杜撰的。写完后，我一直处在担忧和惭愧之中，霎时间我想象出一个总编辑。他看完后，讥讽地微笑着，望着我的署名，又看看我的名字，耸耸双肩，然后说：“这个人是谁呀？”

冬天以它极其缓慢、沉重的步伐一天天向前走，总算一个月过去了，我一直关心着那本中型文学杂志每一期发表的文章，然而始终没有看见有我的小说。同样，我也关心着好朋友萨利赫的回信，他也没有回音。我的心头不由涌起悲观和失望的浪潮，我对自己说：

“杂志不登我的小说，这是件看得明白的事情，可是萨利赫为什么不来信呢？”

我多么希望他给我回信，告诉我——哪怕是欺骗我也行——艾米拉从这里去了那里，照他看，她是恋上了一个年轻人，觉得他们已经在喝交杯酒了。事情如果真是这样的话，我就全身轻松了。

一天，我收到了一个纸包，外包纸上盖着开罗的图章。我一看包书纸上的字迹，知道是好朋友萨利赫寄来的。我没敢立刻拆开来看，我得先把心脏控制好。最后我还是看了信。

信写得很长，形式很简单。但是从另一方面来说，写得很有步骤，有点儿像调查记录。朋友在信的开头就使我对摆脱爱情失去信心。他说：

……想摆脱爱情的人的心情，其实完全像盼望同爱人取得联系的人一样。这是一对矛盾体，一旦摆脱了，心里会越发牵挂，越发想念。……

别嘲笑我，也不月佩服我，"辞典"会满足你的点滴要求。我要逼着你弄清楚这样一个问题，朋友，你不是觉得火可以煮鸡蛋吗？那么，你总不会认为雪也可以煮鸡蛋吧？火和雪是两种相反的东西，但是它们可以引出同一个结论。这样的话，你就不会以为自己能够忘掉她。

我祝贺你，同时可以肯定，这样的人是值得你去爱的。缓慢和严肃的方式，正说明她们要犹豫很长时间心里才会起浪涛。一旦她们恋爱了，她们就是真诚的崇拜者。她们的心在使人窒息和烦闷中慢慢地饮泣着爱情，而你却被堵住了，就像你在坚固的水泥地上洒水后，却什么东西也长不出来一样。

我对你说这些，希望能让你高兴。我没有马上给你回信，那是因为我愿意亲自看一看她再说。有一天晡时[①]，我去了郊区，开始围着她住的那个院子转。我忍受着万般寂寞努力寻找她。（朋友在信里对我叙述了她住的房子的情况，我相信他说的是真话）接连几天，我都无缘看见她，但是我没有泄气，觉得自己

① 下午3点到5点。

是在为兄弟效劳，在做一件愉快、有趣的事情，它使我忘记了对待爱情问题这样做是不高尚的。到了星期四，我又到那里去了，并站在远处监视这个家。突然，有个奇怪的念头进入了我的心里，我想是否我记错了门牌号，现在我监视的根本不是我要找的那个家。于是我立即朝那房子走去，强迫自己按了门铃。不一会儿，我听见有个年轻人问我找谁。我回答他：“如果没有弄错的话，这里是赛伊德贝克·哈里米的家吗？”那个年轻人明白地告诉我：“对不起，先生，这里是法里德贝克的住宅。”我道过谢后走到远处，重新等在那里。

下午三时，我看见一个姑娘出来了，她的身边跟着一个不超过十二岁的小女孩儿。我一点儿不用对那个大姑娘加以形容，你也完全可以知道她是谁了。那个小女孩儿，相信只要用一句话就能概括：她很可爱。我听见小女孩问大姑娘没有汽车怎么去开罗。姑娘对小女孩儿说：“你认为每个人都是坐私家车的吗？我们可以乘火车去，可以坐电车去嘛。”我比她们早一步到了车站。在车厢里，我站在离她们很近的地方。我戴着墨镜，使旁人看不出我的目光。当时最要命的是，到了城里后，她们走进一幢大楼底层的一个房间里。事后我才知道，那房子的主人是看手相的，在那个行当中还颇有名气。他的房门上挂着一块牌子，上面写着他的职业和名字。我坐在附近的一家咖啡馆里，一直等到她们从里面出来。随后我又远远地跟踪她们。我看见姑娘在和那个我认为是她妹妹的小女孩儿说话，神情有点儿紧张，不是很愉快。我不能忘记跟你说，这时候时间已经近七点了。她朝着娱乐区走去，我估计她会走进一家电影院。果然是这样，电影院在晚上这种时候是很拥挤的，不过，我还是在她们邻近的地方找到了一个座位。主啊，我的朋友，这部电影里的女主角是个性格特别的女人。她爱着自己的心上人，却又不愿意承认这一事实。然后就是他们在一起的情景，他们围绕着平常的事争论。我们看到女主角总是不合时宜地发脾气，然后不一会儿，又转为大发雷霆，并表示她这样激动全是人的性格造成的。我们听见她说："这算什么？我讨厌你！我痛恨你！我不愿意看见你！"当她说话，或者向男友靠近的时候，男主角总是待在自己的位置上一动也不动，两只眼睛含着微笑，一直等到女主角把话说完，我们才看见女主角向男友凑过去，然后两人的嘴唇贴在一起，故意做出一个甜蜜接吻的动作。我们一听那接吻的声音,便会把它和吸吮的声音联在一起。最后女主角对男友说："我对你讨厌死了！"这时候我转过脸去，很快朝她的那个方向望了过去。突然，我看见她在黑暗中用一块白手绢擦拭着眼泪。

阿卜杜勒·阿齐兹，我已经不仅仅是一部辞典，而是辞典兼侦探！我是尽心尽力地做着那一切,没有丝毫怀疑。我不后悔，也不遗憾。在爱情方面，我的选择是十分荒唐的，我总是从身体方面去选择，而不是从精神方面去考虑，但愿我以前没有这么做就好了。而你，我为你高兴，现在爱情之手将点燃你那永恒的、和岁月同在的火把！吻你。

这些就是我朋友来信中的内容，我读着读着，突然感到寒心和耐心这两把刀子同时从我的心头抽走了。世界对我绽开了笑脸，我对自己说："太好了！"她真的去看过手相了吗？如果是这样的话，我真为她担忧，她竟然对电影里的爱情故事也会掉眼泪。这么说来，她在恋爱了，或者说十之八九是这么回事。我开始变得关注事情的发展，期待再有从前那样的夜晚。就这样，一直到了我突然收到从开罗寄来的邮件。寄来的是我一个多月来总在盼望发表的小说，和小说一起寄来的还有杂志社写的一封充满歉意的信。他们坦率地表示稿子不能发表，——由于长时间的积压，他们手中已经有许多稿子没有发表。夜幕降临，我关上房门独居一室，点上一把火把稿子和萨利赫给我的信烧了，我是多么不愿意看着它们化为灰烬。

随着每天早晨的来临，春天的气息为农村唱起了赞歌。

冬天的空气刚刚开始转暖，鸟儿便在树梢上活跃起来。白天大多数的时间里，天空中已经看不见大片的云块。我们一大清早就呼吸着充满大地气息的清新空气，它既有田野的气息，又有花儿的香气，还夹杂着露水、小草和水珠的气息。

我毫无兴致欣赏春天美丽的景色，关心的只是可以建造蜂房的季节到了，艾米拉会在这个季节中来这里住上一段时间，我们俩的事情也可以有个结果了。

我朝思暮想的那一天终于来了。那天中午，我们看见先生的车在朝农场来的那条路上蹒跚着。那时候，我正在先生住房旁边的一间普通房子里忙着一些活儿。我们所有的人都被熟悉的喇叭声震住了，我立刻三步并作两步上前迎接，人们纷纷去提箱子和搬行李。我的目光往车上一看，顿时感到脑袋发晕，差点儿被这严重的意外弄得失去理智。车上不仅是他们一家人，还有一位客人。

莱伊拉首先从车上下来，她向我问好，在令人担心的行动中和我说着话。她刚站定，便调皮地缠住我，要我把从开罗带回来的捕蝶网给她，她要到房子前面不远处的那个花园里去逗引各种在飞舞的蝴蝶。莱伊拉一直缠着我，直到我答应她立即去拿。

老先生这一次气色不错。我受到了他那惯有的友好表示。至于艾米拉，我不知道她为什么脸色变得如此快。最初，她还没有下车，我们的目光相遇，那时她的脸通红通红的，当我们握手相互问好时，她的脸竟然一下子变成了病态似的苍白。

那位客人，我得动动脑子才能把她描述得正确些，我觉得她是个活泼又轻率的姑娘。我的感觉根据是,她的笑不是那种端庄稳重的笑，是一种矫揉造作的笑。我开始听见那笑声时，正好是我走出那间普通的房子去迎接他们的时候，开始我以为是艾米拉在笑，我对她的笑声改变感到奇怪。

我看见的客人是一位高个子偏瘦的姑娘，皮肤白皙，两只眼睛不是很大，然而眼睛里的目光简直像炭火。她穿着色彩鲜艳的衣服，让人一看就感觉到此人本性轻浮。她整个人的化妆，让人一看就肯定她是在路上补的妆，或者说，好像是抽空急急忙忙化的妆。我看她有二十五岁，还猜想应该是个夫人了。可是当我的目光从她手指上一瞥而过时，才知道原来她还是个姑娘，因为她的手指上没有戴戒指。这就是说，姑娘的生活情况是令人担忧的。

他们一家进了屋,我转身朝自己的住处走去,去给莱伊拉拿捕蝶网。我在路上对自己说："抓住机会，努力实现萨利赫的忠告，尽管这是个危险的尝试，需要我付出巨大的代价。可是……可是别人呢? 那些系着领带、手拿绞刑绳的人们，难道他们完全不像我一样是个有血有肉的人? 必须这么做，这是一场活生生的战斗，就像为了祖国去战斗、并为之牺牲生命一样。”随之我想到了萨利赫的信，想到艾米拉在看电影时的情景，她竟然在黑暗中用白手绢擦眼泪。我还想起那天我和萨利赫见面时的情景，我们两人并排躺在床上，他对我说："尝尝和姑娘恋爱的滋味吧! 它对于我来说只不过是一剂苦药，就像戒酒的人在医生指导下喝的药一样。”想到这些，我便决定采取行动。

晚饭后，我被叫去见先生。我一走进房子，便在走道上碰见了栽娜卜，她的两片嘴唇上挂着快乐的微笑。艾米拉放乐器的那间屋子里，已经响起嘈杂的音乐，它在鼓动人们跳那种快节奏的舞蹈。乐声振动着我的耳膜，我猜想那一定是女客人在弹奏。

我进了老先生的屋子，我们开始了一般性的谈话。我们谈天气，谈健康，谈我读过的他的小说和文章，一直到莱伊拉进屋来向我们展示她捕到的蝴蝶，接着艾米拉也进屋来。这时，烦人的音乐仍然在撞击我们的耳鼓，我的猜想一点儿没有错。大家坐定后，我们开始谈春天的工程。我说：

“我们要在果园的北面、离农田不远的地方建蜂房。这块地方好，它有助于蜜蜂采蜜，而且离花园也很近。”

我已经在附近一个村庄里找到一个养蜂人，还找到了会建蜂房的人，工程开始时让他来现场指导。我们围绕这个话题谈了一些时间。后来乐曲停止了，我看见艾米拉对着敞开的门在张望，紧接着传来脚步声和喊叫声：“艾米拉……艾米拉。”小姐答道：“我们在这儿呢，艾玛尔，过来吧！”随之，我们的眼前飘过一个着绸缎衣服的人，她的裙子几乎拖到了地上。她向我们问好，我们大家也回了礼。这时，艾米拉抢着说：“这位是我姨妈的女儿，艾玛尔小姐。这一位是农场管家阿卜杜勒·阿齐兹先生。”她没有再多说什么。

过了一段沉默的时间，这时，老先生十分安逸地坐在沙发上，悠闲地吞吐着卷烟。他随后问我：

“你觉得我们一开始就建一大批蜂巢合适吗？”

“不，先生。”我答道，“开始最好是建一小批。这样我们可以叫养蜂人来帮助我们一点一点把蜜蜂养起来。养蜂人知道蜜蜂的习性，管理起蜂巢来既简单又容易成功。”

女客人插上来说：

“你们在说养蜂？我知道很多关于蜜蜂的知识。我父亲有个朋友酷爱养蜂，我们去他家乡参观过，他告诉我们很多这方面的秘密。”

然后艾玛尔啰啰唆唆地说了起来，有的事情说对了，有的事情说错了。我听着她讲话，脑子也活动起来了。老先生呢，在姑娘说话的时候，嘴边一直浮着笑。只有艾米拉，在艾玛尔说话的短短一会儿时间里，进出房间两三次，显然她根本没有兴趣听讲。

第二天早上，栽娜卜进屋来为我做事，我向她问起了艾玛尔小姐的事，问她是哪里人，为什么到这儿来。栽娜卜惊奇不解地对我说：

“你怎么啦？我的先生，你对女客人产生了兴趣？”

我笑着对她说：

“那只有你来回答了。”

“我问过艾米拉关于她客人的事。艾米拉对我说，那是她姨妈的女儿，她的父亲是上埃及一个省府里的大官，还说艾玛尔到开罗是来探望表姐妹的。她到他们家的那一天，先生一家正准备第二天来这里，于是这位客人也跟着一起来了，和他们在这儿住上一段时间，然后一起回开罗去。”栽娜卜这么回答我。

“她是个姑娘吗？”

“是的。”

“我想她大概还没有订婚吧？”

“这件事艾米拉小姐昨天晚上没有对我说起。”

“栽娜卜，你是不是和我有同样的看法，觉得她很漂亮？”

栽娜卜低下了脑袋，不做回答。

“我们不说她漂亮不漂亮，可是你有没有和我一样的感觉，觉得她很有魅力吗？”

她抬起眼睛看着我，用忠告的口气说：

“先生，我们都是女人。一个人只有在了解了别人后才能讨论她。艾玛尔小姐是个飓风式的人物。不管怎么说，她是个轻率的姑娘，不稳重，不讨人喜欢。我觉得她对于我的主人艾米拉小姐来说，实在是个累赘的客人。”

我用嘲笑的口气对她说：

“你说得对，你一直是目光长远的。”

说完，我离开了她，她也走了出去。

第二天，我们开始建蜂房。我亲自监督一切事情，先生一步一颠地来过一两次，看见我们在干活儿，就朝树林中走去，到那儿去看书或者写东西。艾米拉和她的客人也到我这儿来了，我自然十分友好地接待了她们，并故意引起艾玛尔对我的注意。我回答了艾玛尔提出的所有问题，并赞扬她想到的每一个建议。我同意她所有的观点，即使是错的也同意。然后我就转向谈一些她不敢轻易发表意见的技术问题，这样一直到看见艾米拉的眼睛里有忌妒的目光，甚至第一次听见她用责备的口气对表妹说：

“行了，艾玛尔，你一次都没有说错过。”

我回避她的话，什么也不说。

有一天，女客人比艾米拉早到花园那边建蜂房的地方。当时我们都已经准备完毕，只等选蜜蜂了。过去我曾经看见有两个姑娘相互竞争着换衣服，一天换两三次。这次我同样观察到艾玛尔从抵达这儿的第二天起，便专门用一种叫“巴尼西亚[①]”的花插在胸前衣服上点缀。那一天，我鼓起勇气，也把这种花插在自己的短上衣上。

中午时分，我一个人待在花园北面靠近小路的那个地方。我看见莱伊拉在空中挥动着捕蝶网向我这边走来，嘴里还高声喊着：“这个网什么样的蝴蝶都能逮到！”这时候，艾玛尔从她后面不远的地方跟了过来。她一走到莱伊拉那个地方，便和我攀谈起来。她已经反客为主了，高兴地向我问早上好，并对即将来临的春天称赞一番，好像她是春天里的树叶。随后她说：“管家阁下，你看，她像在捕捉彩虹似的捕捉着颜色别致的蝴蝶。”说完，她的目光落在我胸前的花儿上，

① 一种紫色、有特色的花。

用那种让人想起只有女演员才特有的矫揉造作的口气说：

“你也喜欢这种花？”

“是的。今天艾米拉小姐怎么还没有来？她起得晚了吗？”

“她马上就会来的，她已经和她父亲去树林了，我是忙着照看莱伊拉追捕蝴蝶才走到了这条路上的。我想她随后就会到的。噢，我忘了问你，为什么在所有的花儿中，你也偏偏独爱这一种呢？”

在没有回答她的问话之前，我的心微微颤抖了一下。不过，我心里很快对是幸灾乐祸还是让她们流泪做了一下比较，我发现别人的苦衷也会在自己的心里引起极大的快乐感。紧接着，我看见艾米拉出现在往我们这儿来的路上。莱伊拉一边舞动着捕蝶网捕漂亮的蝴蝶，一边朝表姐奔去。在这种情况下，我故意延长和艾玛尔的谈话，一直到艾米拉来到我们跟前，我才回答艾玛尔的提问。

“我喜欢这花儿，因为它很漂亮。”

“难道没有比它更漂亮的花儿吗？”她眨着眼睛追问。

“你是问我个人的看法？至今为止，我们所知道的那些新品种花，都没有这花儿漂亮。”

她高声喊叫起来，身体的每个部分都充满了挑逗的情趣：

“你多么细心啊！”

这时，艾米拉已经走到我们身边，我自作聪明地不中断谈话，继续说下去，而且故意说花这个话题。我列举了花的种类、每一种花的香型，直到艾米拉同我们打招呼，我才笑嘻嘻地对艾米拉说：

“没想到艾玛尔小姐不但喜欢蜜蜂，而且还那么爱花儿。她的酷爱使我不得不和她谈了很长时间的花。”

我说这番话的时候，一直急切地望着艾米拉的眼睛，盼望她能发现我和她表妹胸前都佩着巴尼西亚花，并露出内心不安的神色。果然，我从她的脸上看到了真正的忌妒。我马上扬手向她告别，边走边说：

“我的主人，我们面前只剩下最后一步了。我是说，我们马上可以挑选蜜蜂放养在这些蜂房里了。”

不一会儿，她们的身影消失在花园的树丛中。

第二天晚上，栽娜卜跑来对我说：

“先生，为了你，也为了我的主人艾米拉小姐，我要告诉你一些事情。今天，主人离开我很长时间，当我们一见面时，她什么都不说，劈头先问我：‘栽娜卜，你好吗？’我说：‘我很好，主人。’她又对我说：‘你看看那个欺骗我的年轻人怪不怪？你看他那种丑陋的打扮，简直像魔鬼的行为！我总算亲眼看到了，看见他在花园和树林间的那条路上和我表妹调情。他们两人已经公开到这种地步，两个人都在胸前佩一朵巴尼西亚花。我是第一次看见阿卜杜勒·阿齐兹在外衣上佩戴这种花。我走到那儿时，他感到意外，但又想圆满地解脱，便对我说什么艾玛尔小姐非常喜欢花，他不得不和她谈了很长时间的花儿。他好像已经忘记了他们俩全身的每个部分都已经暴露出他们的谈话内容。栽娜卜，你还不了解我这个表妹吧？她订过无数次的婚，开始都轻率地同意了，以后很快找出一些不能结婚的重要理由或犹豫不决，最后总是告吹。虽然她和我们一起到了这里，可是事先谁也不知道她会来。我看她一开始就对这个单纯的年轻人设下了圈套。’于是我对小姐说：‘怎么会呢，我的主人？不过年轻人是可以原谅的，我想每一个年轻人都有权利在一个地方碰壁后，到另一个地方去寻找出路。’我看见小姐听了我的话后，顿时恼羞成怒，甚至轻轻打了我一下。而后，我听见她说：‘没关系的，让他去吧！我是他的监护人。’”

接着，栽娜卜笑着对我说：

“从现在起，我的先生，你就等着机会接受教训吧！”

时间转瞬而逝，这家人快回开罗了。我每天晚上都在注视着艾米拉的窗户，可是在灯光中，只看见艾玛尔一个人，她来回走动，或者坐在乐器前，要不就是像发烧似的伫立在窗前许久。蜂房已经竣工，蜜蜂已经放养了进去，春天已经剩下不多日子，接下来是我们该知道这家人何时返回开罗了。

自从建好蜂房后，我已经养成习惯，每天在太阳下山前去看看蜜蜂，这样心里才放心，然后拐到北面农田进口处的饲养站去看看，再从果园和树林中间的那条小路折回来。今天，我像往常那样去了蜂房，但是没有想到有机会在那里和艾米拉进行了一次重要的交谈。

我看见艾米拉一个人站在那儿，脸朝西面，背对着里面的小路，正在专心致志地观察着不知所措、爬满蜂房门的蜜蜂，它们转来转去发出嗡嗡的声音。艾米拉穿着像天空那样湛蓝色的衣服，一动也不动地站在那里。我以为她没有听见我的脚步声，于是一下子站住了，凝视着她那迷人的风韵，随后我才对她说：

“小姐，你在干吗？”

她把脸转向我，敏捷地伸出手，指指蜂房，绷着脸简单地说：

“你看看吧！”

“没事儿，那是因为里面没有蜂王。”我笑着回答。

“这样乱哄哄的扭作一团，你认为仅仅是因为失去了蜂王吗？”

“到了这样的情况，你还不认为是由于没有蜂王？你太容易把事情弄复杂了。”

我原以为她是借机发火，而且觉得她即使发火也没有什么可怕的，所以故意给她一个机会发泄。

“我告诉过你我会养蜂吗？蜜蜂没有蜂王，这就要怪养蜂人疏忽了。”

“对不起，小姐。我脑子里以前的印象是，你不会想到失去蜂王有什么大不了的。我不想扯得比这更远，所有的一切，我都会安排好的。”

她挥动着手，向我靠拢一点儿，气愤地说：

“你都会安排好的！嗨，除了花儿，你还精通什么？你听见了吗？”

说完，她呼吸急促起来，嘴唇微微发抖，脸色开始发白。她在短促的气息中愤怒地挤出几个字：

“你……你……”

她走到我的身边，好像要抓住我的衣领：

“你，你这个流浪坯！我恨你！”

当时我们两人离得很近，当她说完最后一句话时，我们的衣服几乎碰着了。她说完后，垂下眼帘，整个人像狂风中的芦苇瑟瑟发抖，我甚至觉得她的两条腿再也支撑不住身体了。我移动一下位置，用两只手撑住了她的肩膀，使她不至于倒下去。然后我们渐渐挨紧，我已经感觉到她呼出的热气直往我的脸面上扑来。她一直垂着眼睛，长长的睫毛像两片黑影盖在她白皙的脸蛋上。这一切以后，她仍然用嘶哑动人的声音重复着说：

“我讨厌你！”

我急巴巴地要去吻她的嘴，她却躲开我，把头扭向另一边，这样她就倒在了我的怀中。我立刻把我的吻印在了她那白白细细的脖子上，就好像在吻暖暖的象牙似的。她仍然在我的怀中，我做完这一切后，大声问她：

“你还讨厌我吗？你是属于我的，我这一辈子要吻你几千次。我爱你！”

她转过脸来，我们的目光相遇了。我在她的目光中看到了疑惑的神色。于是我又说了一遍：

“我爱你。从今天起，你得当心点儿，你要想到在这个世界上还有一只失去蜂王的蜜蜂。”

她从我手中挣脱了出来，用一种恐惧不安的目光打量着周围。晚霞落在天际，田野里披上了一层微微的红光。这时她收回了目光，开始说话：

“我是多么害怕这一切啊！我长期地在抗拒它。可是你看我突然被它淹没了，它好像洪水一般厉害。”

她不再说话。我温柔地握住她的手，悄悄对她说：

“艾米拉，别说了。让安拉做证，让鸟做证，让树做证，让春天做证，让整个宇宙为我们俩的爱情做证。为了这份爱情，我们付出太多了。”

随后，她朝那条路走了，我看见她的脸上挂满了泪珠，嘴边浮着笑容。我久久地站在原地注视着她远去的那片树林，她时而能看见，时而隐没在黑暗中，这样一直到夜幕将我吞没。

晚上，我们在谈完出门的事情后，我对先生说：

“先生，最近一段时间，我老是想试着写点儿东西。”

这位忠厚的老人大为赞扬，连声说：

“好，好，孩子，你已经开始写了吗？是棵好苗子。你现在有没有写好的东西？”

“没有。”我说。

他沉默了一会儿。我鼓起勇气，一口气说：

“最近两个月以来，我向一家文学杂志社投过短篇小说，可是被婉言退回了。”

老人笑了起来，他想给我打气，不是嘲笑我。他说：

“当心这样会把你的手臂写细，每个文学家开始的时候都是这样的。不过，你最好是投到开罗去，尽量把它发表出来。我可以帮你选一家比较好的杂志社去投稿。”

我听了这话，高兴得几乎要跳起来，立刻起身吻了他的手。

再说艾玛尔，那一天我忘记在胸前戴上巴西尼亚花了，也就是艾米拉和我见面的那个晚上，我激动的心情已经平静下来。艾玛尔漫不经心、毫不隐讳地说：

“管家阁下，你忘记戴花了。”

我一边加大步伐走我的路，一边说：

“小姐，请原谅。田里的农活儿常常使我忘记去花园。”

至于栽娜卜，她一次次想知道我何时得到了教训，但是我对她保持沉默，什么也不说。不过毫无疑问，她已经从我容光焕发、满脸喜色的神态中知道我这艘船已经受过了暴风雨的洗礼。

终于，他们要回开罗了。那天早上，我们俩默默告别。然而，在我们各自的眼神中，都有一种想和对方说话的意思。自从那天以后，我像个不知从哪儿来的外星人一样，独自站在花园北面的蜂房中间，凝视着夕阳在这块比我家乡土地还要亲的大地上西斜、月色渐渐升起。

第十三章

那些事情过去已经有一个月了。在这段时间里，我常常做美妙的梦，梦见我像一只蝴蝶，在春天的花丛中飞舞。艾米拉没有给我写过信，我也没有给她写信，似乎爱情的欢乐使我们忙着迎接未来的到来。

忠厚的老人履行了他的诺言，我给他寄去的小说很快发表了。这篇小说给我点燃了从未有过的希望之火。我曾经认为要把小说的思想和内容重新加以修改，这样更符合小说的名字。那天，我从邮局拿回来许多杂志，当我看见自己的名字登在杂志里时，真是欣喜若狂。我已经记不清看了多少遍，至今我还记得里面的每一句话和它的版式。

后来，为了一些事情，我去了一趟开罗。我在先生郊区的住宅里见到了艾米拉。当时我们没有时间说话，她只能悄悄地对我说："你来了？"我们的手紧紧地握在一起，握了很长时间。

我们聚在客厅里，两人的目光都在提醒对方坐到后面的位置上去，但是我们谁也不敢向那儿走。我曾经下过决心，要坐下来好好和她商量一番，使我们今后的关系更明确，有新的希望。同时也可以揭去蒙在心灵上的、生出许多苦恼和麻烦的幕帘。刚刚坐定，我就对她说：

“我想和你谈谈我认为我们必须做的一些事情。”

她显出十分紧张的样子，一字一眼地说：

“你最好说得具体一点儿。”

“在这个房间里，我们没法谈。”我说。

她没有回答，身子一动不动地坐在那儿，手指在沙发的扶手上抚弄着什么。我努力战胜自己害怕和羞怯的心理，说：

“我的主人，你一定不会忘记今晚我将在开罗过夜吧？”

“那一定是这样的。今天晡时我已经定好去看牙医。”

随后，我们听见老先生的脚步声，于是赶紧把话题转到农活儿方面去。我毫不隐瞒地告诉读者你，我在和老先生握手时有点儿受良心的谴责，我心里断定他是不愿意我爱上他女儿的，因此爱情对于我来说是一种犯罪。艾米拉故意不和我们一起坐很长时间，一会儿便起身走了出去。先生和我继续谈论着各种事情，其中包括他鼓励我努力读书、写作，并预言我的前途是美好的。

我从艾米拉那儿出来后走在路上。我的爱情得到了艾米拉的承认和肯定，结果当然像你预料的那样，我把这件事情看得非常荣耀，就是说很高尚。

这天晡时，我站在郊区火车站上，用热切和焦急的目光审视着每一位下车乘客的脸。我不让自己的眼睛迷糊，以免漏看了她。她下车了，我们默默无言，慌慌张张地从车站大楼出去，避开一双双来自各方的人们的眼睛。我们想象着每一个看见我们的人都知道我们的事情。当摆脱了这些麻烦后，我听见她笑着温柔地问我：

“你和我一起去诊所吗？”

“去找什么医生？”我开玩笑地问。

“找牙医。”

“我不需要去找他。”

“可是我需要。”

“这就对了。不过，我们最好是一起去找医生，我看我们都需要找他，然后我们在治疗中可以协商、统一口径。”

她拘谨地笑着说：

“你以为那个医生的诊所在什么地方？”

“在城外，同时还知道太阳下山后诊所不接待病人。”

“你是说我今天去看牙医已经太晚了？”

“这是肯定的，这两个时间有冲突。”

时间过去已经有一个小时，我们两人还在一个公园里，享受着那里宁静的气氛。我们依偎着坐在一张椅子上，椅子放在一个垂满枝条的木头凉棚下的阴凉处。我时刻注意着身边的她，一点儿不让她离开我。我把她看成和我的心、我存在的整个世界同样重要。她的头发散发出淡淡的香味，随风扑鼻而来。我又回忆起我们过去的事情，艾米拉朝手腕上的表看了看时间，然后用温柔的目光凝视着我，那目光真让我陶醉。她说：

“如果按照我的安排，现在我应该是在诊所里。”

“小姐，一切还是随命运安排吧！照理现在我应该是在那儿的，可是我却偏偏在这儿。”

说完，我长长叹了一口气，深情地望着她，又说：

“你猜猜我会对你说些什么？你能猜到我要谈什么内容吗？凭你的聪明一定会猜想到的。”

说完，我全神贯注地望着她那双有吸引力的眼睛。她用平静有力的声音说：

“难道你认为我们说悄悄话的内容还需要考虑吗？如果你要我说，我毫不夸张地说，那是一个很平常的话题，确确实实很平常，但是不枯燥。我们是在用眼睛、用灵魂交谈，即使我们一次也没有用嘴巴。

可是……唉……”

她把目光移开，沉默了一会儿。我看见她脸上有胆怯的表情，便一把抓住她的肩膀说：

“艾米拉，如果我把心里的话告诉你，你别生我的气。我在你身边度过的这一年日子，简直就像生活在一个迷人的宫殿里，充满了意外、神秘，每天都这样，直到对我有强大震撼的事。我想知道是什么原因使你那颗心艰难地行走在曲折的道路上，而前面的路显然是宽阔的。请你相信我，我不是骗子，我不会骗人。我要对你说：‘你拥有一颗伟大的心，你要用爱的手指去抚摩它，这种爱不是对孩子好玩的爱。’今天我懂得了爱，尝到了爱中不幸的滋味；我也懂得了眼泪，明白了各种情绪交织的秘密。你是我生命的一部分，我只要拥有你就行了。如果你觉得我的地位不如你的地位，那么，请你相信我，我会努力改变自己生活的。”

“你干吗这么着急谈这些？”她说，“这不符合我的性格。难道你要下决心书，就像工程师在建房子或者造摩天大楼之前那样？你不是说过一切随命运的安排吗？朋友，你不用担心，我坦率地告诉你，尽管我得到你的爱很幸福，但是我对自己的事毫无把握。我不否定，因为有了爱，才使我朝着你精心制定的路线走下去。我内心里是不愿意拖这么长时间的。只要你有决心进入到那个秘密的领域，那么你听我说说也无妨。

“我八岁的时候，母亲在生我妹妹时突然去世了。而当时我是个活泼的独生女儿，一贯受父母的娇纵。自从母亲去世后，我过早遭受孤独、寂寞的痛苦。我病了很长一段时间，后来身体虽然恢复了，可是心灵上却留下了伤疤。我开始厌倦高兴的事，喜欢孤独。我变得不会向往明天，也没有姑娘们为自己考虑的那种想法。我变得除了关心父亲和妹妹的生活、别让他们熬夜、让他们休息好以外，其他的事我一概没有兴趣，好像是个与世无关的人。我的好多朋友常常对我谈起她们的恋爱和心底的秘密，我总是像听神话故事那样听她们讲。不过，现在我相信自己那颗枯萎的心已经被耽搁了，它像缺少露水的花儿那样在凋谢。”

我赶紧说：

“如果给它浇水，它还会恢复昔日的光彩。”

她笑笑说：

“现在我们俩把事情都说开了，双方都很愉快。过去我总觉得自己是个没有幸福的人，总感到好像有什么事情在缩短我的生命。于是我就研究那是什么，结果什么也没有发现，反而增加了痛苦，但又不知道痛苦的原因。

“我的生命枯燥无味地在消逝，我没有尝过任何乐趣，也不知道这是为什么。同样，我在忧郁之中也没有快乐，即使有过，也只是短暂的一会儿，随后又恢复原状。”

她停顿了一会儿，接着又说：

“是的，然后你突然出现在我生活的道路上，就像烈日炎炎中突然刮来一阵清新的微风。我们见过几次面之后，我对自己说，我们之间不是一种平常的关系。我一见到你，就感到有一种强烈的欲望，它不光是一种想和你说话的欲望，还有一种努力想把事情捅开的欲望。我的心非常需要你这样的人。而你呢，是不会要我这种人的。”

“那怎么会呢？”我吃惊地问。

“如果我们想缩短谈话过程，一说到底的话，我想告诉你，我们的道路上障碍重重。我急切地想见你，那是因为我要你看清我们的处境。我们都像是站在礁石上俯视海洋的人，我害怕我们相处的快乐会给我们带来麻烦，所以我们要改善这局面。”

“我觉得你的话无法满足我的好奇心，所以我想问你几个问题，希望你能给予坦诚的回答。”

她点点头表示同意。

“你认为有绝对的完美吗？”

“没有。”

“同时你又喜欢完美。”

“是的。”

“在我们这个残缺的世界里，只有在幻想中才有这种完美。”

“那当然。如果你要求绝对的完美，那就只好生活在幻想之中。”

“我们都是年轻人，常常喜欢幻想共同生活。在这之后，我们将竭尽全力去实现它。我相信姑娘们都会这么做的，你也会这样吗？”

“我想是的。”

“那太好了。可是描绘出来的画像和真实的人毕竟有很大的差别呀！”

“我不认为有什么差别，但我同时遗憾地发现了这种差别。我很高兴的是它只存在于我的脑子里。我安慰自己说，在外面的世界里我没有发现它。”

“你越来越使我感到奇怪了。”

“这是我们所处地位的一种自然现象。”

我的脸上开始有了怒气，说：“那么我很想知道，这障碍主要是什么？你能告诉我吗？”

她温和地说：

“主要的障碍是我已经订婚了。”

主啊，我吃惊地张大着嘴巴望着她，半天说不出话来。过了片刻，我嗫嚅着说：

“这简直是开玩笑，是命运最好的嘲弄。怎么会是这样的呢？我怎么没有听说过？”

“如果你想知道事情的真相，那么就听我说。我有一个软心肠、富有同情心的父亲。”

“他渴望你得到幸福。”我打断她的话。

“是的，强烈地渴望。我请求你听我说下去。为了我的幸福，他会毫不犹豫地献出自己的一切。但是我们家族内部出了事情，需要解决。在这种时候，我们还是在一种不正常的处境中。

“我有一个伯伯，就是萨米先生的父亲。他是个身无分文的败家子，但有很多儿女。原来他拥有的财产几乎和我父亲一样多，可是全被他在跑马场、夜总会和娱乐场所里挥霍殆尽了。然后他年轻轻的过早死去了，扔下一家大小只能喝西北风。可是我父亲是个心地善良的人，对这一家子寄予了极大的同情，他给他们钱，保护他们不受苦。萨米从政法学院毕业后，在亚历山大当了律师。这时候我父亲的脑子里产生了一个想法，他自以为这是个不错的想法。有一天晚上，他对我说：‘艾米拉，我的好女儿，你和我在一起，不觉得我很会安排、很有钱、但少子女吗？我哥哥有一大堆子女，他们却没有钱。萨米这个年轻人我看可以给你当丈夫。女儿，如果你同意我的意见，我们就可以把这个家族支撑下去，不让它倒塌。’依我看，我只有和萨米结婚，父亲才会感到幸福。他鼓励我让他松口气。

“这样过了三年，我一直没有松口同意，也不说什么。父亲以为我同意了这件事。人们都说，同一家乡长大的亲戚，从小青梅竹马，两小无猜，很多人最后都会产生爱情。可是我无法证明这一点。相反，要说我对萨米还有点儿感觉的话，那就是他是我的堂哥。除此之外，我俩一点儿都合不来。正因为这样，我要把这件事情告诉你。我觉得自己的一生中好像从来没有过伙伴，我一直在寻找，想知道他是谁，可是当我知道他是谁时，我又后悔知道了他。”

艾米拉停住了话头，握住我的手。我把目光移到她身上，她把脸颊贴在我的手掌上。白天已经开始走向夜晚，许多在公园里的人都陆续离开了，公园的许多地方一点儿一点儿趋于平静。原来我们期望的是欢喜雀跃的处境，却一下子蒙上了悲哀的气氛。她知道我还在想这件事，于是故意把气氛弄得轻松些，说：

“这么看来该相信看手相先生了，他对我说，你这一生中必有重大事情发生。那一天他是这么告诉我的，说是一件很重要的事情。”

我们俩都笑了起来，笑声中充满了遗憾。然后我说：

“小说……”

“什么小说？”

“就是在那个宁静的夜晚，经过艺术加工后，我读、你写下来的那篇小说。我们的未来乐观吗？”

我重复了她父亲在小说中用主人公口气说过的话：

“我爱你家的人，就像安拉爱所有对他崇拜的人一样。我要对你隐藏起无比的爱，只给予你有限的一点儿爱。”

我说这话的时候，完全像陶醉似的。艾米拉眨了几下眼睛，抬起目光。我看见晶莹的泪水盈满了她的眼睛，然后她说：

“现在你可以把我看作是你的朋友或妹妹。同样，我也把你看作是我的朋友和兄长。你能理解我吗？我爱我们中的每一个人，然而我们俩却没有相爱的权利。不过，我有权利安排时间来解决我们的麻烦问题。”

我没有回答她的话。她伸出手来说：

“你不同意我这样的看法吗？”

我的眼睛怔住了，我的心在颤抖。

“我同意。”我说。

太阳落到地平线上，已经无力在公园的树梢中显示出它的光辉了。我望着艾米拉，然而看到站在我面前的好像不仅仅是她一个人，在我和她中间还有两个人：她的父亲和她的未婚夫。

我们在街头一盏路灯下停住脚步告别，虽然我们握着手互相说着热情的话、恋恋不舍地分别，但是心里在说："岁月啊，告诉我们这是为什么……"

第二年夏天，又到了这家人去农场的时间。那是个一开始就很不错的夏天，艾米拉对我说一星期以后来这儿住。她说："做好接受我父亲奖励的准备吧！由于你的尽职尽力，他许诺要奖励你，不过，他想知道你喜欢两件事中的哪一件。一是给你增加工资；还有就是你租一部分土地去耕种。你对我说实话，因为父亲马上要问我这事儿了。我们一致说，你还是从这个季节开始耕种十费丹的土地为好。"

如果一年以前碰到这样的事情，我的心会激动得剧烈地狂跳起来，因为父亲刚刚破产，我把钱看成是世界上的一切。然而在今天，在我们的生活必须都已经做到、一切需求能够保证的今天，我从心底里把钱看成是第二等的事，尤其是在失去爱情后，我的眼光变得十分现实。

这真是个毫无办法的办法，不得不接受的耻辱，它好像一种令人畏惧的有光环的东西，或者说它像老妇人的爱。我们变得把对方看成是自己人生中昙花一现、随即就消失的现象。我享受了这十费丹的土地，就好像一个被扒光了衣服的人。我们的灵魂都被物质的污秽、身体的压力、还有我们那种形式上的见面、短暂地坐在一起、几乎是一成不变的谈话模式弄垮了。

我们经常谈我们的梦想，谈我们一起度过的那个晚上，谈我们经常在窗口眺望对方直至睡着。我总是尽量延长和先生在一起给他读书抄写的时间。我从先生的工作中汲取知识，心灵上感到有艾米拉在旁边很温暖。我真不知道我们在这个漫长的夏天是如何品尝这种生活滋味的，我甚至对安拉让我们走在一起的那句话也感到失望。安拉说："爱情是我们幸福的秘密。”整个夏天，我是在想象中过去的。接着，他们一家回去了，临行前，我们两人商定互相通信。

她寄信给我，在正常情况下，是一件很平常、很容易的事情。而我寄给她的信，我们商量好写别人的姓名，用老用人的名字。那是一个好心眼儿的孤老厨娘，对艾米拉无比的同情，始终对艾米拉怀着无限的爱和友善的感情。孤老厨娘每个月有一两封老家亲戚给她的信，她总让艾米拉读给她听，还叫艾米拉帮她写回信。艾米拉觉得我写给她的信用这个老厨娘的名字完全没有问题，只要我把信封上地址的字迹写得拙劣一点儿。艾米拉可以从邮戳上知道信是不是写给她的，绝对不用担心落入父亲之手，因为收信的人是用人。

我们两人的信，落款都不用写得很清楚、准确，我给她的信可以借用她一些朋友的名字，我指的是那些她父亲看不明白、只知道有这么一个关系的人。我必须故意不给她多写信，除非在我精神烦躁、感到不得不告诉她的时候才给她写。

在这个夏天她临走之前，我们见了最后一面，见面的地点是在果园北面、靠近蜂房、我们萌发爱情的那个地方。我对她说：

“艾米拉，我们都生活在梦中，不是生活在现实中。我们是在用幻想作为我们的精神食粮，我们现在享受的幸福是巨大的，但它马上会变得无力，因为岁月的手在抚摩它，哪怕是轻微的抚摩，轻得几乎像一团松蓬蓬的抓在手里一点点的羊毛在抚弄。我们似乎不能有精神享受，除非我们对过去和未来都视而不见。像我们这种对待时间的方法，商业上称赊账，不管我们愿不愿意，这个账我们总是欠着的。”

她说：

“我请求你不要让那个出现在我们苍白的生命中的短暂瞬间失去，安拉即使没有让一些地方拥有肥沃的土地，拥有建筑，拥有居民，甚至把那些地方称作沙漠，但是他没有使那些地方失去肥沃的香气、失去水、椰枣和树林，我们在沙漠中甚至还看到了绿洲。岁月如果对我们的生命是宽容的，那么，必然会有绿洲出现。”

“我有个想法，觉得应该把我们的事全盘托出，如果你允许的话，我会尽力插手你的一些事情。”

她把脑袋伸了过来，要听我说下去。

“如果说你那仁慈的父亲是希望保证他的侄子们、尤其是萨米先生的幸福，那我倒认为他是迫切地希望保证他的女儿、尤其是艾米拉小姐的幸福。”我说。

“这是毫无疑问的，是绅士说的话。”她说。

我接下去说：

“钱给你伯父的儿子是应该的，可是把你也给了萨米先生，完全没有这个必要。或者说得确切点儿，照我看，对你没有这个必要。”

她点头表示同意。我接着又说：

“有一个折中的办法，那就是你向你父亲表明不爱堂哥，这样他就会用礼金或者劝说之类的办法来解决他侄子的事情。这样双方都高兴。”

我焦急地注视着她，希望听见她对我的建议的看法。可是我看见她茫然地睁大着眼睛，手放在头上，像个被告似的，脑子里展开了激烈的斗争，乱作一团。然后她从坐的地方一跃而起，边走边向我告别。

她去开罗之前，没有对我的建议表示倾向，我无法估计她的心里是满意还是气愤。

这一年我变得忙忙碌碌，忙于读书，忙于写作，完全把自己融入在生活之中。我认识了周围很多有头面的人物，我的名字也在年轻文学家中传开。我开始拥有自己的生活，负担也在一点儿一点儿减轻。我家里的生活开始宽裕，我都快把过去的痛苦忘记了。

我为了证实一下自己，出了一趟不太远的门，回到家乡去探望已经有一年多未见的父亲母亲。那一天，全家人淌着眼泪亲切地接待了我。他们把我团团围起来，就像鸟儿们在母亲进巢时把它团团围住一样。我看到自己从一个软弱的人变成了一个救星般的人，因此而感到无比的幸福。母亲坐在那儿注视着我的脸，我平静地看着她。她对我说：

“孩子，我觉得你很快乐。”

“安拉保佑。”

她又说：

“孩子，你已经不再感到自己是个穷人了。相反，我认为你是个富裕的人，你已经有了愉快和幸福这个聚宝盆，它是用之不尽的。”

说完，她抬起头对着天，嘴里嗫嚅着祈祷起来，没有人听得清。

我满意地从家里回到了农场，我认为自己已经完成了任务，我是家里的主心骨。

栽娜卜带着一个出人意外的消息迎接了我，她流着泪和我说话，我不知道那泪水的真正含义。

“先生，在你离开这儿的时候，发生了一件十分遗憾的事。”

“是好事吗，栽娜卜？”我吃惊地问道。

“是的，先生。那是一件微不足道的小事情，可对我来说却是事关重大。”

“快告诉我发生了什么。”

她沉默片刻，摸了摸自己的脸，整了整头巾，然后又拍拍衣服，好像是拍掉沾在衣服上的灰尘。做完这一切之后，她说：

“哈米德……”

“哈米德怎么啦？”

“他向我求婚了。”

我突然哈哈大笑起来，说：

“这是件遗憾的事？那么哪里还有好事呢？”

我看见她一副快要哭出来的样子，或者说是已经在哭、并准备起身出去的样子，便一把抓住她的手臂，不让她出门。我一边发出笑声，一边说：

“你先坐下，我想弄明白你对这件事情究竟是怎么理解的。”

她默默地不吭声，我只得又对她说：

“没关系的，要我说的话，这种事情是每个姑娘和小伙子都盼望、并引以为荣的事，也是所有人都渴求的事情。”

我笑着往下说：

“你知道我也是恋爱中的人。恋爱对你来说没有什么不好，对哈米德来说也并非坏事。哈米德爱栽娜卜，这是一件美好的事。可是你心里还有什么想不开的呢？”

“但我想嫁的人不是他。”

“那人在哪里？”

“不知道。他原来在邻近的一个农场里，后来他侍奉的一个大人物去了开罗，他也跟着去了。我已经有一年光景没有见到他了。然而当我得到了他的消息时，有人告诉我他已经结婚了；也有人说他到现在还是孑然一人。”

“你曾经爱过他？”

她笑了笑，没有回答。我于是又说：

“你是个心胸宽阔的人。”

她显然不明白我说话的意思。然后我又问她：

“不过……你是否讨厌哈米德？”

“我不喜欢他。”

“我们可以说定以后再看。结了婚后，你们一定会建立起感情，系起爱的纽带。听我说，栽娜卜，你和哈米德都对我很忠诚，也很喜欢我，可是我想自己在这个地方是待不长久的。你们俩结为夫妻，那是一桩最令我高兴和满意的事情。哈米德是个好男人，下决心嫁给他吧！我想他一样相信你会嫁给他的。你是个好姑娘，难道你不想让命运有所改善吗？回答我，你究竟同意还是不同意？”

“我不能违背你的话。”

“不，事情不在于听从我，而是你自己愿不愿意？”

我从她的眼睛里看见了满意的神色，脸上也是一种接受的表情。

那一天晚上，我找到了哈米德，把我为他做的一切告诉了他。他高兴地吻着我的手和脸颊，说：

“先生，我一直爱着她，可是以前她一直没有答应。我一次次向她求婚，总是遭到拒绝。一开始的时候，她的拒绝还让人接受得了，可是后来不知什么原因，她变了，变得连在路上碰见我都受不了。我真想不到突然有那么一天，在你的帮助下，我竟然实现了愿望。”

过了两个月，突然有一天，在一个宁静的夜晚，随着秋风，从农民住宅区里传来一阵阵悦耳的锣鼓声和口哨声，我推开窗户向外眺望着。

在这喜气洋洋的幸福之夜，我那快乐的心情一点儿不比哈米德本人逊色，因为我那颗受过创伤的心灵，最能体会另一颗受过创伤的心灵走过的路。

第十四章

婚礼以后他们成了夫妻，我为他们感到高兴。我的心里确实是这么认为的，我对哈米德也是这么说的。不过，尽管我为这对新人感到高兴，心中还是有点儿不快。我的烦闷主要在于我盼望这样的事情能够再次出现。我总是在设想艾米拉已经向她的父亲表明了自己的爱情，而那位温和、安详、可亲的老人用微笑接受了女儿的表白。接下去我又想象这一对父女展开了对话。父亲对女儿说：

“你真的恋爱了吗？高尚的爱情没有什么可耻的。但是孩子，你认为家庭一定是建立在爱情上的吗？不，不一定是这样的。有多少个家庭的崩溃正是随着爱情第一块砖的建立而开始的；有许多夫妻他们心灵中那种至死不渝的感情全是在结了婚以后才建立起来的。”

我还想象到艾米拉眨着眼睛，转动着脑子，觉得这话十分符合社会现实，而且立即联想到了栽娜卜和哈米德这个事实。

想到这儿，我叹了一口气，在心里说了一句早就对心上人说过的话：“一切随缘。”唉！如果我失去了她，那会怎么样呢？许多人忙于爱情又失去爱情，喜欢上新的抛弃旧的。他们哭泣，然后时间老人擦掉他们的泪水，让他们忘掉痛苦。

我回过神来，带着自嘲的神情笑了笑。这时候，我的思想又转到了另一方面。

我认为巨大的幸福来自于两颗心灵碰撞而产生的共鸣。命运有一天创造了他们，并在生活中给予他们共同的任务，这就像工人制作的两个半爿合起来的剪刀。命运一旦注定它们结合在一起，它们就要为一个目标共同努力。在这之后，剪刀发生分离也是有可能的。因此人们努力寻找两个相同的半爿剪刀，如果我们放弃寻找的打算，那么找到的机遇就很少了。

这已经是第三个夏天了，也是我生命中一个十分重要的季节。在这个季节里，一开始就发生了一些令人措手不及和茫然的事情，它们的来势就像河水突然泛滥一样。有一天晚上，我在农场这边教授的屋子里，我们不停地谈着各种平常的或个人的事情。这时的气氛就像亲近的老朋友在聊天，没有奉承，也不拘礼节。正在这时，响起了敲门声。我不知道来访者属于哪一方面的人。不过，我总觉得在这个人的背后会有不寻常的事情，因而心中有点儿忧郁和不快。来访者还没有进入我们坐着的房间，我已经听见教授在用亲切的声音喊道：“是我的孩子萨米吗？”这时候，我看着艾米拉。我十分注意地看着她，她像平时处于尴尬或者感到突然时那样，两条长长的睫毛不停地抖动着。过了片刻，我才听见她说：“欢迎，先生。”我当时仍然站在原处，等待着来人向我们每一个人问候。我觉得自己在那儿站了很长时间，因为先生正陶醉在与侄子的亲吻之中。刚接完吻，客人转向小姐，和她握手并问好。你能想象出这个情景吗？艾米拉和他握手时，他的右手抓住艾米拉的右手，然后又故意把左手放在她的右手背上。我看见三只手在不停地晃动着。当时我把自己躲躲闪闪的目光从一个地方移到了另一个地方，注视着先生，只见先生满面喜色和一副兴奋的神态。不瞒你说，我这时候对他恨极了。萨米根本不理睬我，因为他是中心人物。

最后，也就是在我等待过后，我确认来者不是没有看见我，而是故意对我视而不见后，他却高傲地向我默默地点了点头，以示问候，然后他在叔叔和堂妹中间坐下。我仍然坐在原来的位置上。

老先生说：

“孩子，真是机会难得。不过，你最好还是在临来之前告诉我们一声，我们可以把你从车站到农场的这段路程安排得舒舒服服。”

“不用麻烦。也许这样我才能给她来个惊喜。”他说着朝艾米拉望去，微笑着用眼睛在问她是不是想他。

艾米拉接口说：

“可是你的舒适要比我们享受意外更重要。”

话虽这么说，可是她脸上的表情却和嘴里表达的不一致。谁知，萨米这时突然高声笑了起来，头仰到了坐着的椅背上，然后说：

“谢谢你有这样的感觉，堂妹。这真是美好的一瞬间。”

我处在这样的地位没有机会可以告辞，只得局促不安地坐在那儿。我感到自己已经完全没有必要坐在这个地方了。老先生滔滔不绝地和萨米交谈着，问了他们家里人许多的事情。艾米拉惶惑不安地久久凝视着他，尽量不和我的目光相遇。我用脚不停地敲打着房间的地板。

在他们三个人谈话的间歇时间里，我立即从座位上起身，有礼貌地向他们告辞。可是不等我出门，艾米拉抢先说：

“光顾着说话，无疑我父亲疏忽了为你们互相做个介绍。”

她一边伸出手，一边说：

“这位是律师萨米贝克先生，这位是农场管家阿卜杜勒·阿齐兹先生。”

客人傲慢、自负地点了点头。但是艾米拉又接着说：

“我不能忘记还有重要的一点要说明，这位先生是我父亲相当欣赏的文学家。”

我不打算听萨米说些什么，也不想看见他脸上的表情，于是便点了点头作为招呼，然后转身出了门。

读者，你想知道萨米先生在这些日子里的事情吗？你愿意了解他吗？

他是典型的那种油嘴滑舌、谄媚奉承的年轻人，是那种生活宽裕点儿便会炫耀、自以为是富人的那种人。他出生证上的名字是“萨米”，他的朋友们称他为“萨米贝克”，他事务所里的同事们称他为“教授”，而他家门口挂着的牌子上写着“苏苏”。现在你总该看明白了吧，他一个人有四个名字，不了解的人还以为是四个人呢。也许这属于他的独创，遗憾的是，他连半点儿人格也没有。

你先别说他是我的对头，让我向你细细道来他在这段日子里的事情。

他每一天在这里度过的二十四小时都是极为快活的。他的时间不是消磨在理发店里，就是在洗澡间，或者是伫立在街头一家商店前欣赏模特儿身上各种颜色和谐的衣服。其实他自己也可算个模特儿。裁缝既喜欢他，又讨厌他。喜欢他是因为他要做很多衣服，讨厌他是因为他的一套衣服总得改上十几次。他侃起电影来头头是道，特别是能说出许许多多演员的名字。他甚至能做出《一周》周刊里那些难度较大的竞赛题，而且总能取胜。有的竞赛题是这样的——把十对女演员的眼睛画在西方人和埃及人的中间，然后用大标题写上：“你能认出她们是谁的眼睛吗？”萨米先生有这种天赋，能全部认对。

你听他说话，常常一句话要分两次说完，从他嘴里吐出来的词，经过嘴唇时尾音很低，而句子开头的声音又提得很高。你和他交谈，完全可以不慌不忙地听他讲，而且会一直盯住他的嘴巴看。等他讲完以后，你回过头来问自己注意到了什么，你会说，他的牙齿闪闪发光，在长长的谈话中，它影响了你的注意力。你还会立即说："这个年轻人的牙齿真像是整夜泡在水里的，不然，绝不会有如此白皙的。"

他老是习惯扭动脖子，因为他怕浆熨过的衬衫领子损伤他的皮肤，还怕领带变形。他既怕冷，又怕见太阳，就像一朵开放的玫瑰。

他说话总是口齿不清楚，几乎说不清他要表达的语言。我所指的语言，不是指大部分他相当精通的问候语，而是指他在说一些事情时我们通常所用的正规语或者方言。他常常在说话时突然停顿，似乎一时找不出补救的词汇，于是他便无奈地翻动着手掌，皱起眉头，目光闪烁不定，随后那像座山似的大舌头摇动了，词汇如小石头般地吐了出来。这个时候，他认为自己要表达的意思是十分深刻的，而在我们的语言中找不到这样合适的表达词汇，于是他就用一句法语或者英语夹在我们的国语或者方言中表达出来。

除了以上这些之外，他没有什么特别长处了，是个很平常的律师。我绝不是说他比一般的律师差，至少我是看不起他的。他轻易就会发火，十分冲动，不假思索就会下结论。

说真的，人们第一眼看见他，会打心眼儿里喜欢他，我和其他人都是这样的。他没有令我欣赏的特点，也没有引人注目的地方。他颇为注重打扮，以致到了姑娘们都不愿意朝他看的地步；他谈事情没有重点，只会把大多数人的脑子搅得稀里糊涂。如果你逼着他不得不谈某一个思想领域方面的问题，尤其是关于文化方面的，他的思想便会混乱，表达杂乱无章，论据苍白无力。只能说他是一棵挺立不起来的、只会沿着篱笆长的小树，或者说是一棵顽固地依附在树干上的小草。正因为是这样，他只有公开讨好迎合叔叔，才能得到叔叔亲切喜爱的称呼，并承认他的风度。不过，我认为他只能算个阿谀奉承的家伙。

萨米先生来农场的第二天早上，我的心情很烦躁，觉得这个住着活人的农场几乎像个四处充满鼓声的冥冥世界，这和那个街头车水马龙、人声、火车声、汽车声、叫卖声混合一片的嘈杂开罗相比，开罗远比法里德先生的农场要安静得多。我和萨米没有更多的交谈，我们之间只是见面打个平平常常的招呼。这种时候，我故意做出一副规规矩矩的样子，而他却故意装出一副了不起的姿态。因此，我们完全是两条道上的人。

一个星期过去了，栽娜卜得到消息，说几天后全家人要为萨米庆祝生日，请柬已经发到了许多亲戚那儿，还说艾米拉小姐绷着脸说："艾玛尔又该来了，她肯定会在这种时候来我们家做客的。"

艾玛尔又一次来到了农场。我在这段时间里心情烦闷，被妒火烧得几乎体无完肤，如果在这种时候艾玛尔还要迫使我和她一起扮演那个旧角色，我想我会像她上次来这儿那样扮演下去的，因为我要获得艾米拉的心。

我们还是回过头来说巴尼西亚花吧。在这个季节里，花圃中没有这种花。一天快黄昏的时候，我正在特意选择的那条花圃和树林之间的路上散着步往回走。

我和艾玛尔碰上了，我们互相问过好。她把一只手叉在腰上，另一只手往后梳理着头发，对我说：

"管家先生，你不会忘记在来年春天为我们种上一大批巴尼西亚花吧？"

我站在她对面，用漫不经心和怪异的目光望着她，说：

"若安拉意欲，我会为你实现这个愿望的。"

"春天我还来看你们。"

"这不是让我们感到荣幸吗？"

"你不是也很喜欢那种花吗？"

"什么花？"

"巴尼西亚。"

“种花的季节还没有到来，我就得去想这事儿？”

“可是真正忙于各种事务的人，他们会时常想到，不会忘记的。”

我笑着向她投去遗憾的目光，说：

“请原谅，我是个忙了这事忘了那事的人。因为我太忙了，不可能把每一件事都印到脑子里去。”

她像嘲笑似的说：

“你可真是个农艺师、文学家、演员啊！”

她每说一个名词就笑一声，一共笑了三声。我感到受了侮辱，她的话在我心头转动着，我收回了准备迈出去的脚步。我们的目光碰在了一起，如同短剑相遇。我用颤抖的声音对她说：

“小姐，你能不能向我解释一下你话中一些意思含糊的地方？你说我是个农艺师，这还可以理解……”

她很快打断我的话：

“至于说你是个文学家，那是因为艾米拉小姐给我看过你写的一些东西。说你是个演员，那是你在所有的季节里都穿那件衣服。”

我又气又高兴，因为我喜欢她用这两种理由中的任何一种来攻击我。艾玛尔这个样子，要么是出于对我的报复心理，因为去年春天我们最初在一起时，我表演得相当成功；要么她就是出于一种把她自己排斥在外的心理。只要她不是怒火冲天，这两种情况对我来说都是不错的。

我只能在偶尔的情况下见到艾米拉。我看到的她总是脸上显得心不在焉、眼睛里充满不愉快的神色。在这段时间里，老先生只来叫过我一次和他一起工作。在通常的情况下，他不来叫我，我是不会去的，所以我也只有当他去树林里散步、或者散步回来时才能看见他。如今我极少见他与书为伴，我猜想他这样做是由于过分消瘦的缘故，他好像在换一种生活方式，又好像因为这一年他已经把自己的书推向了文学界，取得了梦寐以求的荣誉；可他又像要在临终前亲手为自己编织花环，以便日后放在自己的坟墓上祭奠。

就这样，出于心理因素的不断干扰，我对自己未来的幸福抱着否定的态度。我甚至常常彻夜凝视着艾米拉的窗口，一旦看到她坐在乐器前，或者是窗前有微风吹过，或者是萨米走了进去，我的眼睛就会发黑，院子里的树枝在他们面前跳跃，两个人影在晃动，这时妒火使我想象萨米向艾米拉走了过去，艾米拉坐在那里，他吻了她。我还想象艾米拉高兴地接受了他的吻。于是我会使劲儿揉眼睛，更加急切、贪婪地想看清一切，然而我什么也看不清，只能见到萨米来回走动或者是离开房间。

这一次的痛苦帮助我对法里德先生的性格有了个清晰的印象。

我认为法里德先生是个具有双重性格的人，很多人都是像他这样的。他在文学领域中,解决问题大胆、明确。可是在他个人生活领域里，他是个优柔寡断、感情超过理智的人。他对我的每个看法都做出了回答。我是说，在许多意见中，他不会比较好坏，然后在这些意见中选择最正确的、最好的。相反，他喜欢面面俱到，就像一个站在婚姻门口的小伙子，在他认识的五个都不错的姑娘面前犹豫不决，不知选哪一个好。我们完全可以想象得出，如果艾米拉向他吐露这些日子来心中的苦闷，毫无疑问，他会倾向于不伤害女儿的心。同时，法里德先生还会倾向于我不要伤害他的外甥女艾玛尔的。只要安拉让他拥有一颗像艾米拉那样纯洁的心，他是不会讨厌像我这样他梦寐以求的年轻人的，他不会在乎我是个穷人、是个农场管家。

面对各种意见，先生不会比较好坏，不会在这方面花很多时间考虑，他甚至只想到问题本身会自然解决的，它就像用亚当[①]的肋骨创

① 据《圣经》故事，亚当系人类的始祖，上帝耶和华用泥土造出第一个男人。耶和华又用亚当的肋骨造出亚当的妻子夏娃。上帝把他们两人安排在伊甸园，后因他们偷吃禁果被赶出该园。两人生子该隐、亚伯和塞特等。

造出了夏娃一样自然。想到这里，老先生会觉得应该接受现实。

有一天，我心里极为不快，因为我看见艾米拉在离我不远的地方祈祷，而我却不能和她说话。在这些日子里，栽娜卜没有给我带来艾米拉的什么消息。艾米拉变得深居简出，经常沉默寡言，这使我手足无措，不知道该如何对待她才好，也不知道她对我们的将来是如何打算的。我在心烦意乱之际，便从田里冲到了花园，站在那里注视着太阳渐渐向西倾斜，听着蜜蜂嗡嗡叫着展翅飞向它们吐蜜的蜂房。我久久地伫立在那儿，突然听到有脚步声向我走来。我抬头一看，发现是萨米先生夹在艾米拉和艾玛尔中间走过来。其实，我多次这样碰见他们。可是这一次，我的心告诉我要发生事情了。我觉得自己往常不表现出来的暴躁性格今天变得一触即发。我敏感、身临险境似的站在那里，做出准备格斗的样子。我首先把目光落在萨米的脸上，我相信自己是用憎恨的目光注视着他的。随后我又望着艾玛尔，我猜想她是憎恨我的。艾米拉呢，她这时像个快生病的人，脸色异常难看。这时候，我完全准备先发制人。我的估计一点儿也没有错。萨米朝我匀称的身材望了一眼，没有向我打招呼而是笑了笑，他不会喜欢从事农活儿的人有这种文雅的外表。然后他说：

“艾米拉，这些都是蜂房吧？我还是第一次看见这儿有我们的蜂房。我原来想象蜂房会很多，占去花园的一半土地。”他笑了起来，“真奇怪，所有的蜂房都涂上了颜色，在一起有点儿……有点儿让人觉得可笑。不过，可能你们认为是住宅就要有颜色吧！”

艾玛尔忍不住发出一阵笑声，萨米为艾玛尔欣赏他的话感到高兴。我呆呆地站在原地，但愿安拉能够宽恕那些头盖骨里塞满了泥土竟然还活着的人！艾米拉默不作声，这时萨米又说：

“对不起了，喂……”

我马上接过他的话头：

“喂，是农场管家。”

“我没有这个意思，我老想记住你的名字，就是我堂妹在我们初次见面的那个晚上让我荣幸地知道的那个名字。”

我根本不搭理他。他继续说下去：

“我要说的是，也许你要批评我这种艺术性的表达。这件事儿，你有什么要说的吗？”

“说到养蜂，艾玛尔小姐知道得很多，她会同意你的观点的。如果她觉得有必要回答的话，你就会相信选择颜色是有必要的。”

艾米拉和艾玛尔同时笑了起来。萨米说：

“这样很好。不过，我喜欢问专家。你是不是觉得没有回答我的责任？”

“萨米先生，对这样的事情你还犯得着生气？你不要忘记你在生活中的任务，这就像律师知道自由的限度和尊重自由的程度、知道法庭在法事中总要专家帮助一样。”

“你是不是觉得处于我这样地位的人是不用表示歉意的？”他高傲地说，“你从事的是农田里的活儿，这就好比文学家的事情不是农艺师会做的。”

“我再重复一遍，你应该记住什么是自由。”

“你真是个被惯坏了的管家，既然这样，我们就不谈了。”

说罢，他像我预料中的那样，怒气冲冲地离开了。艾玛尔紧随着他也走了。艾米拉向我投来责备的目光，好像极不愿意看到我们弄成这种状况，随后她也走了。此时此刻，我多么希望立即跟在他们的身后，首先向艾米拉进攻。就这样，我挑起了麻烦，我就是要使萨米先生成为这个样子。我十分了解他，他最多也只能是棵常青藤，不是笔直地往上长，而是喜欢依靠地上的支柱往上攀。我呢，我是用斧子在岩石上开辟着自己的道路。在这件事情以后，我真想对法里德先生说：

“你这个人啊，你这个文学家，如果你明白我的处境就好了，你在泪眼蒙眬地由你的主观臆想引起、并由你导演的悲剧中同情心油然而起时，你简直是个伪君子。说得更确切点儿，你使两颗心处于痛苦的境地，使他们都没有了生命，你在他们中间横上了一把短剑。你在人们心目中的地位老是有点儿像号丧者或者说是小丑的角色，这种人一会儿挤眼泪，一会儿兴奋大笑，他们就像被人愚弄的人，把所有的痛苦和欢乐分离开来。”

我一边想，一边任凭泪水在脸颊上流淌。此时此刻，我又想到了面包。

沉闷的两个星期过去了，两位客人相继离去，农场里又恢复了平静。萨米先生走后，我又把农场里的土地作为我的头等大事来抓，原先我没有顾得上管它们。法里德先生家里不再有外人了，于是我的心又开始渴望能和艾米拉见面，我想看见她，和她好好交谈一下，来消除我心头的气恼。我要对她说，我也不希望这样的，我愿意承担以后所有的一切麻烦，哪怕让我捆上行李晚上就离开，因为在这块土地上，高尚的人也是会变的。

我们终于在树林中相见了。我一见到她，便感到从今以后我的困境将有所改善。我们在那里坐了很长时间，起初她一直佯装没看见我，好像我给她带来了罪孽。我先开口对她说：

“你看见了我和你堂哥见面的情景了？”

“也许那都是因为你忌妒的缘故。”

“我不知道是什么缘故，反正只觉得我们两人生活在对方的阴影下都很吃力。我是说，我们两人连互相看上一眼都感到厌恶。”

“也许别的事情我不了解，可这件事我认为是由艾玛尔怨恨你而起的，是她挑起他对你发火的。我不希望你对他采用这样的方式。我要提醒你注意多一点儿和睦。事情进展得不管是不是如意，我都希望你无论如何不要太难过。”

“你和你父亲谈过了吗？”

“还没有。”

“那么，问题还没有解决你已经唱起了赞歌。许多恋人心中的爱情之火熊熊燃烧，结果却一下子被困难扑灭了。这种事我听说过不少，在书中也看到过不少。不过，我看你是恰恰相反，心神不宁、十分为难的样子，就像个落水的人，既不会游泳，又找不到自救的方法。把一切都告诉我吧！你这样无动于衷真令我焦急不安。你对我说，你不阻拦我。或者对我说，‘快把我带到另一个地方去。’我甚至还愿意你这么说：‘我恨你！然而我又无法在哪一天让天地来证明我们那受迫害的爱情。’你不能为爱情做出牺牲，而我可以这么做。为了你，我可以忍受你提出的或没有提出的一切。不过迄今为止，我觉得你绝对不是一个只有在我的庇护下才会有幸福的人。”

她沉默着抬起了头。我看见她长长的睫毛上挂着几滴泪水，嘴唇在微微颤抖。我的心由于同情也在颤抖。我知道她是真的处于无奈之中。于是我对她说：

“看来我们只能再过一段时间，让时间来算账吧！”

“是的。”她回答道。

然后我们都眨着眼睛，凝神细听树林中树叶的婆娑声，它像是一首哀曲。我们双方都在无言地说：“我不认为命运现在就会在我们中间拔出它的剑。你不同意我的看法吗？”

然后我也不知道我们的嘴唇怎么会贴在了一起。

这一家人整个夏天照惯例住在农场里。终于，艾米拉在我们相处的最后一个晚上对我说：

“朋友，我要向你承认，很多的犹豫都已经渗入到了我的性格之中。

但是你应该要有耐心，要相信我的心整夜都在受良心的审判。安拉每天都要解决成千上万件的难事，它不会对于解决我们的问题表现出吝啬的。”

就这样，在说话的同时，那张一直是悲哀、或者说是苦恼的脸换上了一种常常让人捉摸不定的神色。我毫无办法，只能点着头微笑着接受。他们全走了。我要对那痛苦多于希望的生活进行医治。

在这之后的一个月，我去了一趟开罗。我径直朝他们住的那个区走去。我走到他们住的花园里，走到他们住的房门旁边，都没有一个人看见我。我正准备按门铃，却又突然缩回了手。我对这住宅的四周巡视了一遍，然后凝神片刻便走开了。当我看到车站，注视着即将把我载到首都去的火车时，脑子里突然跳出这样一个念头：也许艾米拉已经把我们两人的心事向父亲吐露了，那么她父亲会对我很恼火的。如果我们见了面，会发生什么样的事呢？我不愿意这样的见面。那么，我只好让我们的事情听天由命。

这一天晚上，我是在朋友萨利赫那儿过的夜。他还没有回家，我就自己上了床。我想把我心头的苦处坦率地向朋友倾诉，或许我能够从他那里得到什么好主意。在过去交往的日子中，我们是一对比较要好的朋友。

我的朋友回家了，我们就像你所知道的那样见了面。这整个晚上，我们是在回忆往事和憧憬未来之中度过的。但是他仍然忘不了和我谈他的爱情。他这么对我说：

“朋友，有过多次经历后，我知道了有那么一种色彩的爱情。那就是恋人得不到爱，只能从所爱的人手中收回自己的心。这是一种血淋淋的爱的伤害。于是这些被伤害的人只能躲到修道院里去爱别的人，这样他们的伤口才会愈合，他们才能将自己心头的怨恨转化为怜悯、同情和宽容。但愿我们不要出家而处于这样的境地。然而，那个从中得到爱的人却没有感觉到那个给予爱的人已变成了修士——只不过他没有待在修道院里。他是待在人们中间却远远躲避着人们，他憎恨安拉创造的人们，然而又宽恕他们。”

萨利赫心头的阴影移到了我的心头，我甚至想象自己快成了那个样子，我的结果就是那个样子。

“听我说，萨利赫。我已经在恋爱了，我关心着我的爱情生命，它时而明朗，时而模糊不清。”

然后，我向他细叙了我的情况。他听完后，把脑袋偏向我，笑着说：

“你真不错。你总是打算在这唯一的辞典还没有被弄坏之前来利用它。阿卜杜勒·阿齐兹，你勇敢不勇敢？”

“不，我发誓……”

他笑了起来，笑了很长时间，然后说：

“可是我要你勇敢，就像我第一次那样。”

“朋友，我已经忘记了我该怎么做。也许我仅仅是想让自己当个演员。没有什么能使我勇敢起来。”

“两人的地位太悬殊，最好的办法是，你必须付出艰苦的努力。你想听听我对你的忠告吗？现在的问题是死还是活的问题。我的意思是你如果失去了她，也许你会为此失去自我。我不是说你会死去，但是我可以说你虽生犹死、埋葬了自己。”

“萨利赫，你在吓唬我！”

“这事儿你必须快刀斩乱麻，了却你的忧虑。如果那姑娘没有犹犹豫豫，你可以提出让她怎么行动，可以和她一同私奔，可以向她父亲摊牌，可以用自杀来向她父亲要挟，用什么方法都可以，因为她爱你，这是毫无疑问的。可是如果她拿不定主意，那么就会失去机会。现在你这一方面应该有行动了。你们两人自然还会见面吧？”

“是的，我们还会见面。”

他深深地叹了一口气。我对他望去，只见他的脸在灯光的照映下有一种不安的神色，我都不相信自己看到的这一切。不过我立刻明白了，他想说的事，是我的良心上过不去的事。“不说你的良心，反正我发誓，我的内心是厌恶这么做的。”我面对着他高声大叫着，用手去捂住他的嘴巴，不让他再说话。他突然霍地站起来，熄灭了灯，走到窗户前，说：

“睡吧，朋友。熬过漫漫的长夜，好好睡一觉。”

第二天早上，我回到农场，继续过那沉闷的日子。

有一天，从邮局来了一封信，从信封的笔迹上看，我知道是她写来的。我立即拆开信，读着那几行字：

兄弟：

我只能这么称呼你了。你能到我这儿来一趟吗？如果有人遇见了你，你就说来这儿全属偶然。或许我们会有好运。

我的心直往下坠，我讨厌这种含含糊糊的表达。第二天，我坐上头班火车到达了开罗。下午晡时，我已经站在先生住宅的大门外了。我按了门铃，眼睛朝里面望，只见里面一片安宁，没有异样的动静。不一会儿，一个用人出来了，他不等我开口便问：

“找我家的主人吗？”

“是的。”

“那天他的手心有点儿发烫，我们把他送到了医院。”

此刻我很快明白出事情了，先生的生命有危险。我的心沉浸在内疚、同情和惋惜之中。这时我对自己说，也许老人有我们不知道的难言苦衷，他阻碍了我们之间的互相沟通。我已经忘记了自己恋爱的事，一心想着但愿他能救过来，哪怕失去我一直盼望的快乐。

我坐电车来到了郊外。教授住在那里的一家专科医院病房里。房间里摆着两张床，一张先生睡，一张艾米拉睡。病房里静悄悄的，让人的内心产生一种凄凉、无以名状的孤独感，我一迈进病房，便看见先生躺在床上,那样子就像病了一个月的人。我无法控制住自己的眼泪，也无法抑制住自己悲伤的感情。此时此刻，我甚至忌妒那些能让自己的心很快转向幸灾乐祸的人，也忌妒那些能够从临终者身上得到好处的人。

先生显得像个高龄老人，从外表上看已经超过六十五岁了。安逸的生活曾使他红光满面，现在这种气色已经消失了。他的两只眼睛深深地陷了进去，瘦弱的身体皮包骨头，两边颧骨高高突起，本来说话就很轻的声音变得更加微弱了。他正在受着高烧的折磨。

艾米拉用迷惘和期待的目光望着我。她简要地对我说：

“父亲已经被监护了两个晚上，以后还要监护多长时间也没个准儿。已经有一年了，他打个盹儿醒来时，手总是微微地抽搐，我们忽视了这个情况。在家里的时候，有个医生来看过，可是第二天父亲就受到糖尿病的威胁，情况出现了意外。”

说完，她仰头望着天空，好像在祈求佑助。

亲戚们都来看望后留下名片走了。在这个被死亡阴影笼罩的夜晚，我眼看着死亡好像一步一步地在朝先生的床挨近。姑娘一直待在父亲的身边，注视着他的情况，及时叫医生抢救。我和她的目光相遇了，我们都在无声地说：“我们不知道该如何是好。”

这个晚上我在开罗过夜。我展望未来，看见的却是一个巨大的、空荡荡的、充满黑暗的洞穴。第二天一大早，我又急急忙忙往医院里赶，刚到病房门口，便看见一个医生从病房里出来，脸上没有一丝轻松的表情。我小心翼翼地推门进去，一进门，立刻看见一个护士站在门口处的屏风后面。我马上在她的身边站定下来。我看见先生瘦弱的手臂露在床的外面，他一手抓住艾米拉，一手拉着萨米，目光在他们两人的脸上游移。艾米拉伤心地哭泣着；她的那位堂哥，我没有听见他有什么声响。我忍受不了这个残酷的生离死别场面，便擦着眼泪走到了医院的休息室里。我坐在那里，脑子一片混乱，一个想法否定另一个想法，两只手使劲儿搓来搓去，这样一直到死亡的阴影抹去了生命的光辉。老先生走了，我久久坐在那里。

老先生去世的消息在农场里传开了，我和农民们一样，心情浮躁，茫然不知所措，这就像池塘里的水干枯了，鱼儿不知所措地等待着猎人捕捞。我们又回到了任凭海浪冲击的船只中，等待命运的安排。

难挨、痛苦的冬天终于过去了，我每天都在对自己说，我是身居异乡，待在这儿的时间绝不会长久的。我对哈米德和栽娜卜都说过这样的话。他们俩都表示希望能跟随着我，能在我的身边生活。

后来的几个月中，艾米拉处于极度的悲伤之中，我们之间的通信中断了，春天刚开始的时候，艾米拉捎信来叫我去一趟开罗，自从主人离世后，我这是第一次踏进这个家的门。我们是在先生常常让我们坐在里面的那个房间里见的面。她还身着丧服，沉浸在悲伤之中。我的目光一碰上艾米拉，便立刻收了回来，我一直是处于思念和羞于启齿的状态。我们两人沉默了很久，好像在悼念先生似的。当我不得不对她望去时，发现她简直成了我不相识的人了。艾米拉的模样竟然变得像个最低贱的孤儿，其实她已经不是孤儿的年纪了。岁月的打击在折磨着她，就像当初对她的打击那样。

我们之间的交谈是相当冷淡的，主要谈农活儿。对她的意外的表现，我不知道如何去承受。于是我对她说：

“小姐，或许我应该改变一下现状，找一条我也不愿意走的路。为此，我看我不得不在最近安排一下自己的事，去寻找另外的工作了。”

她突然离开自己的座位，坐到我的身边。我一直看着地上。于是她用手托起了我的下巴，望着我的脸，目光对着我的眼睛，用一种可怕的颤音说：

“你说的是真的？”

“照我看，在我们的四周将会有许许多多的责难。”

然而她对我的话置之不理，而是把手放在我的肩膀上，脸一直面对着我，火热的气息直扑我的脸颊，两片干枯的嘴唇喃喃地嚅动着：

“你说的是真的？”

我感到我们之间的地位悬殊。人生一挥间，就像人们所说的犹如流星划过天空。我的脑海里老是转动着她的悲伤面容。我处于百感交集之中，有爱情、怜悯、悲伤和惧怕未来……突然我把她拥入了我的怀抱，甚至忘记了房间的大门敞开着，还好我们都没有对着门。过了这一阵后，我站起来凝视着她。她仍然沉浸在刚才的气氛中，眼睛微微闭着，黑黑的刘海有的向后，有的耷拉在脸上，黑色衣服下面白皙的胸脯随着急促的呼吸一起一伏。

我不能久久地注视着她，我们也没有交谈的时间。但是过去的一幕幕飞快地在我眼前掠过：第一天见到她父亲……他在生活中尽可能宽厚地对待一切；他的一生都在关心着别人的生计……萨米先生……他使我的尊严受到伤害……最后是我们之间坦率的交谈……于是我局促不安起来，好像被蝎子刺了一般。我把嘴唇贴近她的耳朵，好像呼唤沉醉人似的大声喊她：

“艾米拉……艾米拉……别忘了我们之间的障碍！”

她全身颤抖起来，好像我对她当头浇了一盆冷水。随后她在位置上正了正身子，哽咽着说：

“我们，我们都是不幸的人！”

唉，时间能够磨灭我们记忆中的一切，使我们把一切都忘记吗？不可能！

朋友，时间就像河流，它有泛滥的季节。这个季节对于我来说，就是让一切事情快快过去。

春天还没有过去，艾米拉就到农场来看望我们了，莱伊拉陪同她一起来。我是多么想念和盼望看见这个穿着孝服的小女孩儿啊！过去，她总是在花园树丛中的小径上追逐着蝴蝶。如今，她的模样对我来说是那么陌生，她还沉浸在悲伤之中。

艾米拉一到这儿就声明只能住两天。我们相约在树林口那儿见面。大白天怕农民们对我们猜疑，我们把树墩当凳子，两人离得远远的。这一天，我们简直就是在希望和梦想之中度过的。开始的时候，艾米拉用尖锐或不信任的口气说着话，这不时地唤起了我的回忆。我想起了第一次看见艾米拉的那一天，我们讨论了关于生产和美化环境的事，当时我眼睛呆呆地望着她，心里在说："那种奇迹难道会在我身上发生吗？"我还想起了我们最近一次的见面。那天，我怀中抱着一具只有一半灵魂的躯体。她假如不是在一个体面的男人的怀里，她的生活面貌会大不一样。我的心里流动着一团怒火，甚至感到要防止它从身体的某个部位爆发出来。于是我耐着性子听她说话。她说：

"我想声明一下，从现在起，你认识的那个姑娘，只不过是认识她的脸，你就像是认识了一个女邻居，或者说是从你面前走过的人。因为你是城市的一员，每天早上能目睹来来往往的人。"

我睁大着眼睛，没有回答她的问题。她低着头看自己的手指。我用平静、客气的口吻说：

"然后又怎么呢？"

"然后，我们都享受赊账，不用当即付清。"

"这样很好。不过，我要提醒你，现在我想知道你的看法，你对那个这么快对他改变态度的人的最后看法。"

"我对你个人的看法没有改变。"

“自相矛盾的话。改变看法一定要有新的因素突然产生。”

“请你不要逼迫我了。我不准备做长篇辩论。”

“说实在的，我对你是有感情的。我的目的只是想知道让你改变态度的秘密。”

她忽地站了起来，像旋风一样突然转过背去，然后瞥了我一眼，离开了她的座位。她抛出了一句连树林也会颤抖的话：

“我绝不可能……我不可以嫁别人……”

我脸色苍白地补充完她的话：

“不可以嫁一个穷人！”

我在泪眼模糊中看见她的影子从门口朝着院子方向而去。我一直呆呆地坐在椅子上没有起身，嘴里喃喃地说：“背信弃义的人！”

第十五章

你别问我，这个在我心灵上的沉重打击留给我的影响，反正我是消瘦得皮包骨头。在这之后，我感到自己是个十分需要温暖和爱抚的孩子，于是我回到了故乡。

母亲一看见我，几乎认不出我来了。父亲一个劲儿地问我发生了什么。毫无办法，我只得谎称自己刚从病床上起来，经历了人生的甜酸苦辣。一天晚上，我独自坐在那儿，母亲走进我的房间。她凑近我，仔细审视着我这张充满厌倦神情的脸，然后抚摩着我的脸，轻轻拍着我的肩膀和脸颊，用发自内心的声音直截了当地问我：

"孩子，遇到什么事了？"

我再也控制不住自己的眼泪，把事情向她叙述了一遍。母亲一听完我的话，便对这么一件难堪的事轻描淡写地说：

"忘了吧！噢，明天能忘掉吗？你不待在那个农场，不就看不见她了？孩子，所有的女人都是三心二意的。我要你忘却这件婚事。你别在乎钱。安拉保佑，我们现在富裕了。"

母亲一边说，一边用柔软的手把我从头到脸、从肩膀到手心抚摩了一遍。我顿时觉得全身轻松，心里的火气也消去了。

我在父母那儿没有待很长时间，便又回到了农场。在路上，在地铁站里，农场的情景又浮现在我的眼前。我极力不去想它。过去我把它当作心中的天堂，如今我在那里得到了生活的磨难。没有过几天，我收到了这样的一封信：

阁下：

我们都承认你的忠诚效劳和令人称赞的努力。我要告诉你的是，从你接到此信的一个月后，我们不再需要你的效劳了。这个日子是个可以重续合同的日子，如果一方没有通知另一方解除合同的话。

特此通知。

信的落款是萨米先生的签名。对于这封信的内容，我丝毫没有感到惊奇，因为这是我预料之中的事。然而倒是栽娜卜和哈米德对这件事感到吃惊和遗憾。他们知道这个消息后，泪水潸潸而下。我没做别的事，只给农业部写了一份要求允许我开垦农田的申请。我写申请时正处于绝望的阴影之中，这件事不由得又使我想起了那个几乎已被我忘记了的农业部官员。

我到邮局发出了申请，只当是把它发往了坟墓，因为我根本不会在这条路上卖力的。我没有很多的准备，一点儿也不想重演找人说情的悲剧，就像我不准备失业后住回老家去一样，我也不愿意再回到农产品厂去。

我的心灵又回到了当初的情景，似乎我一天也未曾改变过。你看见的我就像是个刚从农学院毕业出来一个月的年轻人，心里燃烧着赚钱的欲望。也许曾经有一天这个欲望消失过，心中的爱情把它降为第二位了。可是自从艾米拉用她的双手打破了我的梦想后，爱情又使它在我的心中成为第一位了。

还有这么一件事，我去拜访了一位地区名人——大多数的名人我都认识。这个人曾经来参观过先生的农场，目睹了我为农场付出的努力和我对农场的精心照料，知道我对农活儿的看法和我在农业上所取得的成绩。我们之间的谈话开始是一般性的交谈，在一个合适的机会里，我转弯抹角地告诉他，先生的继承人在近期辞掉了我的工作。我看见这个人的脸上有了高兴的神色，尽管他是竭力掩饰这一表情。他对我说：

“如果你想要工作的话，很多人都会欢迎你的。”

后来的那一天，我是绝不会忘记的，按合同我离开农场的一个星期之前。我看见萨米先生来到了农场，他自然是来清算账目的。

噢，他是一个人来的。我心里是多么痛苦啊！不管怎么样，我希望能够看见艾米拉陪同他来，我能鄙视她一番。

我痛苦地和他在一间平常的房间里碰了头，这是一间安排农活儿的屋子。奇怪的是，在这最后一次见面中，他没有显出急躁的样子，也没有显得轻率。我的感觉是相当敏锐的，我们都知道对方在想什么、想干什么。最后他怀着农民报了仇的心情告别了农场，永远在我的生活中消失了。一眨眼，我在农场又待了几天。我要离开农场的消息不胫而走，传遍了整个地区。在农村消息传播之快几乎能与每日的报纸相比。我立刻得到了上面说到的那位名人的邀请。他提出聘我为他的农场管家。我自然接受了聘请。

我多么希望离开这个有着太多的眼泪而很少有欢乐发生的悲哀事件舞台。我没有拒绝他对我提出的任何条件。我确信，我向农业部提出开垦农田的申请，将被那里的职员不屑一顾地扔到大门外。因此，我对此不抱一丝希望。

那天是个夏季的傍晚……

你看见的我随便地站在我心中曾经最喜爱的地方，这个我曾对你说过它已经变成了我最亲切的故乡的地方。果园的北面是蜂房。我注视着那令人伤心的西面，看着我亲手建造起来的房子，并凝视着我心中的那堆栗色的废墟，它在我的鼻子底下散发出的连我也不知道是不是腐烂的气味，反正我把它当作变味的芳香。我努力使自己的脑子里出现新主人的形象，他将在我走后管理农场里的事务。

太阳终于在黄昏离开了那个地方，在天际留下了晚霞。我转身走出了花园，差点儿撞在树上。我在果园和庭院的小径中散步，回忆着各种各样的事情。

然后我回到了自己的住处。天一黑，我去找了哈米德和他的妻子，希望他俩继续和我在一起，离开这个地方。我可以向你保证，我在耐心等待他们出来的时候走到了窗前，凝视着在夜幕中的法里德先生的住宅。那房子里没有一扇窗户是开着的，也没有一点儿亮光。但是我的目光一直停留在那里，直到听见低沉的、把洋铁罐当作鼓敲的声音传入我的耳膜，我才从茫然失措中回过神来。一群农民正拿着洋铁罐当鼓敲，围着农场的房子不停地对着一个男孩喊道："快走吧，眼珠黑白分明的姑娘们，月亮快要发光了。"我从靠着的地方把麻木的手臂轻轻地摆正，然后转而望着天空，仰望着那朦朦胧胧的月亮。这一切之后，我就上床睡下了。

第二天早上，如果你站在地铁站和先生的那个农场沿线上，便能看见一辆双轮马车从农场疾驶而出，上面放着一点点行李，能看出那是一些书，除此之外什么东西也没有了。

朋友，让我们为岁月保守秘密，就像岁月为我们保守秘密一样。

我不再对读者你叙述我离开那个恋爱的故乡后所发生的事了，以免让你觉得厌烦。现在你和我一起是在我的那个有四十费丹土地的小农场里，它位于三角洲北面，你会说："这真是个乐园。"

我已经是个六十岁的老翁了，你是否认为我拥有这样的财富太多了？

噢，但愿你能长寿。可你一定得听我这个老头子的故事。

这些土地不是我用钱买来的，因为我根本没有钱买一寸土地。我在第二个农场待了一年，然后又给农业部写信，申请允许我开垦一块土地，这种方法也只有穷人能用。就这样，我得到了对于一个穷人来说是一生中最好的机会。我尽自己的最大努力为开垦这片土地做了安排。记得当时我进入这个地方时，带来的全部都是年纪不超过二十九岁的年轻人。我们住在由政府用土坯垒起来的小房子里，用少量的机械和不多的牲口开始了工作。我们搏斗在这块土地上，就像渔民搏击在风口浪尖上捕鱼一样。我把哈米德和他的妻子都带来和我同住。我的土地上现在有他的一大群孩子。哈米德已经过了六十岁，还很健壮。我还记得那段时期过后的一天，我从开罗回来，顺便去了法里德先生的农场。我是在黄昏时分走进农场的，然而那天我是从一条不是路的路上走进去的，我曾经走过这条路，进入了管家的生活。这事儿是在我离开农场两年之后。我沿着小渠对面那条狭窄的进入农民住宅的路走去，然后走进了一位忠厚的农民的家里。他和他的妻子一看见我，立刻惊奇得喉咙哽咽、半晌说不出话来，许久才像是从梦中醒过来似的。我给他们送去了被他们认为是很幸福的消息。我建议他们做好准备，几天以后动身离开这个地方去我那里。当天晚上我离开了农场，可是对往事回忆的呼唤声老是萦绕在我的心头。我的视线射向那边艾米拉住的房间，那里漆黑一片，使人的心里产生冷清和宁静的感觉。

我像所有的人一样，涉过了人生的浅滩，尝遍了生活的酸甜苦辣：我给母亲送葬，是母亲在我生命中最黑暗的日子里给我带来了光明；

然后把父亲也送进了坟墓；我成了家里人围着转的支柱；我安排姑娘们一个个嫁个好人家，然后把我在故事开头时提到过的那个兄弟叫来，和我一起从事农活儿。我在工作中不断创新，我尝试在这片土地里种香蕉，结果获得了令人羡慕的丰硕成果。

关于我的朋友萨利赫，你一定要知道他的结局。

这个浪荡子突然一下子转变了，变成了一个禁欲主义者的苏菲派[①]信徒。那时候他已经过了三十岁，体力和钱都已经耗完了，而且还得了心脏病。然而他把那间在屋顶一隅的屋子变成了崇拜者的圣所，那个曾经堆满葡萄酒瓶的储藏室变成了装满苏菲派书的仓库。过后他就去世了，其实他还年轻，如果他在某种程度上注意一点儿，那么是完全能够延长生命的。

你别着急，我看你很想我谈谈那些和我有关的事情，恐怕它被我忘记了。我现在谈的都是我个人的事，而你认为只有和艾米拉有关的事才是最重要的。

唉，我在经历了那场灾难后，思绪混乱，觉得前途渺茫。在生活中我没有明确的奋斗目标，就像一个在沙漠中迷失方向的人，看不见一条好的出路，但还得照样走下去。

我曾经把金钱看成是生活中的一切。可是自从爱上她以后，我对自己说："不，爱情才是一切。"我们之间发生了那一切后，我又对自己说："我错了，金钱就是一切。"我刚到四十岁，就已经是个生活富裕的人了。于是我又问自己："钱已经有了，可是幸福在哪里？"我寻找着幸福，发现幸福在爱情之中。但是爱情在哪里呢？我已经失去它多年了，丢

---

① 苏菲派，阿拉伯文的音译，原意为"羊毛"。因该派成员身着粗毛织衣以示质朴，故名。初级阶段的主要特征为守贫、苦行和禁欲。该派为伊斯兰教的神秘主义派别，产生于7世纪末期，既以《古兰经》的某些经文为依据，又接受新柏拉图主义、印度瑜伽派等某些外来思想。据传库法的阿拉伯人艾布·哈希姆（?—178）首先使用此名。

失在那个树林里。那天我坐在树墩上，她穿着孝服，飞快地走了出去，抛下我一个人怔怔地待在原地。

失去了爱情，也没有了沮丧，我不再有寻找爱情的念头。朋友们都对我说：“快结婚吧，别耽误了自己。”我对他们的话置若罔闻。我订过许许多多次的婚，但也不知道怎么最后都解除了。也许这是因为我虽然在寻找爱人，但是在我的心灵深处和脑子里始终没有女人影子的感觉。我毫无感觉地在寻找，除了艾米拉，我对所有的女人都没有感觉。

以后也就是这个样儿，时间在流逝。我开始用哲学家的观点看待问题。我对自己说：

“还有必要结婚吗？没有这个必要了。活着的人以他们不同的水平用各种方式在寻找永恒的东西：普通人则通常通过生儿育女来寻找，他们死了许多年以后，后代的人还记着他们的名字；优秀的人则给社会留下值得纪念的业绩。所有这些都是一种可怕的现象，一种令人们一想起来心头便会涌现出的可怕的现象。”

对于我来说，如果我结婚了，我就会说这是必要的。爱情、归宿，传宗接代，享受子女的福气，用双手和智慧为民族做贡献。

事情就是这个样，首先发生了那些事情，此后才会从中悟出道理。

爱情上的失意，引导我走进了文学园地。读书、写作成了我精神上的支柱，我像躲避麻醉剂一样，逃避到了读书写作之中。

今天你看见的我已经是个有地位的文学家，地位虽然不太高，但是我觉得还是可以提一提的。我自从不干农活儿后，就不在那个农场里住了，除了偶尔去那儿看一看或者去休养外，我多年来一直住在开罗，因为我在一家现代杂志社里当编辑。我打算在短时间内写出一部长篇小说，而且认为最好是别写自己，而是将人名地点改变一下，向人们推出一个悲剧。我在读了那些老早就同意帮助我把人物内心活动刻画得更细腻的批评家们的批评后，便认为他们的创作完全是凭他们的经验和他们对人们内心独白的反映而完成的，所以最好是不要写你心中的故事。

我在杂志上开辟了一个社会问题栏目。我收到了许多有关这方面的信件，然后我就对这些信件做出答复。我曾经收到过这样一封信：

> 他怀疑我是个背信弃义的人，但是我心中的秘密只有自己明白。我的犹豫是酿成我们两人都痛苦的原因，不过，我是要承担罪责的。我们是在年轻的时候相爱的,后来就分手了。分手时，他的心里满怀着仇恨，直到今天，他还记恨于我。如果我能见到他，我会向他敞开胸怀，吐露心中的秘密，请他宽恕和原谅。如果我们再也没有希望相见，那么我就是个可怕的犹豫者，良心上的负担沉重。你能不能指点我要不要去见他。

我在杂志上接连几期刊登了对这个问题的答复：

> 我的女士，你只要发誓自己是个十分高尚的人，而且相信他也是个高尚的人，那么你就不用去见他了。不要寄希望爱情永远会在情人的心里像过去那样吐露芳香。它只是在某个年龄段能慰藉很多人的心，有些人甚至一直生活在对它的回忆之中，看不见现在和未来。他们这个样子是与生活之路背道而驰的。从今以后你不要再犹豫了，即使你没有见到他，你也不要犹豫了。

这几十年来我就是这么过来的，我已经是个五十岁的人了，我看到了命运的嘲弄。

当我向你讲述这个故事的时候，我好像和她没有丝毫关系，也好像是别人的事情。那是由于我已经把岁月抛在身后，敏感的怒火已经消失，泪水已经为了不值一提的原因而枯竭。年轻时期的我们对生活反应很快，我们像一架袖珍收音机似的投入生活，随着岁月的自然规律去迎接生活。至于到了老年时期，我们能够做的也只能是沉浸在闪光的青年时代和对往事的回忆之中。

有一天，我正在杂志社埋头工作，一位服务生进来告诉我，有一位女士要求见我。门一打开，站在眼前的是一位漂亮腼腆的老妇人。她一开始就引起了我的注意：穿着黑色的衣服，如丝般的头发披散在她的衣服、肩膀和后背上；她拼命把头往右边靠，我只能看见她高高的额头的最高处，还有一条像光线那样明显的头发分缝。

她抬高着声音向我问候。顷刻之间，我立刻回到了岁月的海洋之中，甚至感到自己只有二十八岁，正在听艾米拉说话。我慌慌张张地从座位上站了起来，放在我前面的纸随着我的动作而被掀了起来。我喃喃自语道："我看见的真的是她吗？"我感到晕晕乎乎的，我们一起坐了下来。

她像我一样度过了那些日子。她显得偏瘦，脸上已经露出浅浅的皱纹，好像用细细的笔描上去似的；两只眼睛和那长长的睫毛仍然不减当年的迷人风采。我们两人隔着桌子而坐。她打开皮包，拿出一本书和一封还没有启封、信封白里泛黄的信。她随后把这两样东西放在我的面前。我看着这一切，顿时神魂颠倒了。沉默一段时间后，我问她：

"你就是那位来信要求杂志给予回答的人？"

"是的。"

"那么，你心中有秘密？"

"你以为我们之间的感情是轻易就破坏得了的吗？在我没有问你之前，你是这样认为的吗？"

然后她伸手拿起书，说：

“这是你最近出的一部小说，它以后能得到读者的赞赏，我很高兴，尽管我不欣赏它。你让我成了书中的主人公，把我们幸福的日子永远记载在里面，同时也把我们那些痛苦的日子永远记载在里面。但是你对我并不公平，你扩大了我的罪名，你应该删去那些不真实的内容。当我读到我在违背婚约后、你为我哭泣时，我的泪水也流在了书本上。我暴露着伤口，让它和岁月一起腐烂。如果你要问我为什么来见你，那就是我要把一切向你说明。我们分开后，我便和萨米结了婚。我曾试图给你写信，说明我的真实情况。但是我多次得到自己的回答是，我这样做不能帮助你忘掉一切。

“如果我给你写信，你觉得你的心会怎么样？我相信我会得到你的怜悯。但是你现在已经忘记了我，因为我对于你来说是个背信弃义的人，所以我吝啬于对你吐露心头的秘密。也许这样会在你的心中激起仇恨，使你一直保持着那颗被损伤的心，对自己的一生做出安排。”

我笑了笑，对已经过去的事情没再说什么。她接着又说：

“但是我的良心久久不安，我一直听见它在说：‘你必须去包扎好这个伤口。’我捂紧耳朵不想听这话。岁月蹉跎。我甚至一次次地害怕听见心中的声音，于是我来找你了。

“朋友，我只得向你承认，‘兄弟，我只能这么称呼你’这句话我在另一封信里也这么对你说过。”

我沉默不语。

“我可以发誓，我是真诚的、无可谴责的。”

我望着她。她的两只眼睛还像原来那样，闪烁着歉意和失望的光泽。于是我说：

“是的，是无可谴责的。我们现在就像是快要进坟墓的人在讨论什么漂亮不漂亮的问题。”

“我要向你承认，我的犹豫给我们带来了灾难。但是当时我坚信我的一切所作所为全是为了我们。然而事与愿违，后来的生活并不是我所希望的那样。

“记得那天太阳下山后我们互吐爱情。我同意了你的意见，决心向父亲讲明我们的事，扫除横在我们中间的一切障碍，不管它有多么坚固。我在回家的路上一直这么对自己说。可是当我一迈进家门，便遇见父亲的目光紧盯着我的眼睛，我心里惭愧极了，以为他已经知道了我的心事。有好多次当他和我谈及与堂哥的婚事时，我几乎要从心底里对他喊叫起来。然而，我却一直保持着沉默。”

她停顿了一会儿，让急促的喘息平缓一下，然后用一种严厉的、审视的目光对着我，好像要我回答在她看来我一直怀恨在心的那个罪责。

“现在你会知道那个善良的好人对所发生的一切没有什么罪过。有一天晚上，我们在开罗，父亲反复对我说：‘艾米拉，我就像你看见的那样，是个朝不保夕、该安排后事的人了，一旦犯病或者老去，寿命是不会很长的。孩子，你不觉得把你们的婚事抓紧办了更好？这样在我剩下的日子中也许会很快乐、很幸福的。’

“我始终反对他的意见：‘爸爸，我待在您的身边很幸福，让我悠闲地和您再待最后一段时光吧。’说完，我不等他看见表明我有心事的泪水，便起身忙别的事去了。

“然后在那一年的秋末，发生了很多事情和麻烦。先是萨米和艾玛尔来到农场，随后是那些假象，使你们俩在妒火中燃烧，这些你都知道。”

我马上问她：

“那些事你都知道了？”

“我是后来才知道的。”她回答我。

“我越来越依赖于父亲，就像我越来越缠绵于爱情一样。我在开罗的家里闭门不出，以此摆脱烦恼，把一些难办的事情安排妥当。父亲总是一进门就和蔼地询问我的情况，并说如果我能看出来的话，他为了我可以牺牲一切。他说：‘艾米拉，你怎么啦？’我倚靠在床上，思绪万千。我有一种渴望父母同在的感觉，我无法控制住自己的泪水，只好称自己生病了，可是不知道哪个地方不舒服。父亲怜爱地吻着我的双颊。我望着他的脸，在我看来，他脸上的神情完全是那种活人要告别世界的表情。我更加伤心了。最后我看见父亲的眼睛里也噙满了泪水。我打算说出自己的心事，但最终还是没有说出口。

“然而这一切并没能让他忘记为我安排那些事情，同时还关照要抓紧办。我想还是把那无法启齿的事情写在纸上给他看。于是我通宵达旦地写，写完后又撕掉，撕完后又把碎纸拼起来，重新抄一遍。最后终于写成了你看见的这一封完全表达了我的意思的信。写完信后，我在去交信的时候又对如何把信送到他手中犹豫了起来：是放在办公桌上他一眼就能看到的地方呢，还是塞在他的抽屉里，或者是从邮局寄给他。最后我决定从邮局寄给他。”

然而命运狂笑着讥讽了她！

第二天，她父亲因为发烧躺倒在病榻上，信还没有收到，还在邮局里。最后还是艾米拉自己收下了。

“噢，我一切都明白了。”我说。

“你以为事情就完结了？还有出乎你想象的更离奇的事情呢。”她说。

“如果事情到此就结束了，也就没有萨米的事或者是别的事情。我动手收集了安拉让我们结合的话。我忘记了，或者说是根本忘记了我的堂哥心里怀着一种报复的爱。在最后的那个夏天，我觉得自己和他在一起是对他的偿还，而对你只有怀念，因为我知道那是受到了你的启发。是的，当时我是能够做点儿什么的，可是你来了之后我们又打电报给萨米，让他来看看于世不久的他的叔叔。对于父亲来说，我们是他在这个世界上为数不多的亲人。然后到了父亲临终的时刻，生命即将离开他，可是他还不闭眼。我和萨米站在那里眼看着死亡降临，将生命抹去。那天父亲一手拉着我，一手拉着他侄子的手，把我们两只手合在一起后才松开他的手。他的目光在我们俩的脸上游移，嘴唇微微嚅动，然而一句话也没有说出来。他已经无力出声了。我自然懂得他的意思是让我们俩结婚。我的心中顿时升起一股为死去的人和为活着的人悲哀的火焰。我在心里说:'爸爸，你要是能知道该多好啊！'"

我点了点头表示是这么回事，因为这是我和一个护士站在屏风后面亲眼目睹的一幕。

说到这里，艾米拉递过那封白色的、信封还没有启开的信给我，信封上面还贴着那时候的邮票，写着那个我把他当作罪魁祸首的老先生的名字；邮戳的日期还十分清晰，使人相信她所说的一切。

我立刻说：

"现在我一切都明白了。"

她马上接下去说：

"不，还有两件事。后来你到开罗来看我……"

我没有吭声，向她看了一眼。

"我们最后一次见面是在客厅里，你还记得吗? 我想和你告别，我们之间的关系是高尚的，没有什么见不得人的。你不用蔑视我，当时我在自己的眼睛里就是个死去的人。按照父亲临终时的遗愿，我看见自己的手放在了萨米的手里。命运注定我必须在我的一生中执行父亲一点儿也没有怀疑过的遗嘱。当然这是我自身的原因。如果父亲在世的时候我能把萨米从我的生活中去除就好了，可是我不能在父亲去世后这么做，因为我不想让人们对我评头论足。人们不像我那样了解你是个高尚的人。自从最后一次见面后，你在我的眼里显得无比的高大。

"在这一切之后，我只能走最后一步了，那是痛苦和残酷的，也是一条我打心底里极不愿意走的路。你可以想象一下我经历的那种痛苦的处境，那是一个女人手握着利剑对准自己心爱的人的心头刺去。于是我去了你那里，和你在院子里见了面。在见你之前，我把不道德、恶劣、欺骗、背信弃义等各种不好听的词汇都集中起来，通通塞进心里，用那种虚伪的外表来掩盖真实的我，让你对我摸不准。就这样，我一直想对你说一句话，自那以后，我多么盼望自己能够死去，抛掉一切烦恼。”

我们的谈话在继续，但是我看见有两颗硕大的泪珠从她双颊雪白的皮肤上滚落下来，就像露水在水银上滚动。

过了一段沉默的时间，以便我们不要喘不过气来。然而过了这段时间之后，我们还是面面相觑，同时叹着气。

“你觉得我不是个宽宏大量的人吗？”我问。

“你宽宏大量，而且还高尚。”她说。

“你还想回忆下去吗？”

她点点头，要求我说。

“我说，你父亲故事中那个用他的牺牲精神撮合了我们情爱的年轻人，当他出现在情人面前时，他对情人说：‘我和你妹妹结婚，那么，我们之间不就树立着四个障碍：婚约、丈夫、孩子，还有我是你的妹夫！’”

我对她说：

“我最痛苦的是没有把莱伊拉娶为妻子。”

听到这话，她张大了嘴巴，两只眼睛睁得大大的，努力回忆着遥远的过去。

“现在再提也没有用了，一切都已经成为过去，就像大树再也回不到种子去那样。不过，我的良心负担减轻了。”

“你幸福吗？”我问她。

她没有回答，而是反问我：

“你幸福吗？”

我们互相握着手，沉浸在几乎已经被忘却的过去的岁月之中。

我的朋友，这就是你看到的人们那已经逝去的青年时代的生活，当时他们的心中涌动着不同的希望，有一部分人最后实现了这些希望，但是我们中的大多数人，世界对于他们是很吝啬的。

我曾经需要金钱，于是我找到了它；

我曾经需要名誉，于是我也得到了它，并得到了满足；

我曾经喜欢家庭，于是建起了它的框架，最后又使它不复存在。

这些曾经是我最大的愿望。

你问我这个今天已属日落西山、在人生的地平线上只留下夕阳余辉的老人，问我是不是获得了心中希望的一切？那么，我会对你说：“今天我反复要说的只有一件事，也是我所有心愿中的一个最大的心愿，那就是孩子！孩子！”

你能想象得出吗？我是那么忌妒哈米德，当我听见他的孩子们在田间、在院子里大声嚷嚷的时候，我多么希望自己有他这样的福气啊！

请原谅，我的朋友。

我们好像只有到了暮年之后才懂得理想的本义！而此时，人生只留下了夕阳的余辉。

我是说，太阳已经西落了！

图书在版编目（CIP）数据

日落之后 /（埃及）穆罕默德·阿卜杜拉著；袁松月译. -- 北京：华文出版社, 2017.9

ISBN 978-7-5075-4757-3

Ⅰ.①日… Ⅱ.①穆… ②袁… Ⅲ.①长篇小说 - 埃及 - 现代 Ⅳ.①I411.45

中国版本图书馆CIP数据核字（2017）第233678号

日落之后

作　　者：〔埃及〕穆罕默德·阿卜杜拉
译　　者：袁松月
策　　划：杨　平
责任编辑：杨　宁　郭俊萍
特邀编辑：杨　琴
出版发行：華文出版社
社　　址：北京市西城区广外大街305号8区2号楼
邮政编码：100055
网　　址：http://www.hwcbs.com.cn
电子信箱：sinoculturepress@yahoo.com
电　　话：总编室 010-58336239　发行部 010-58336270
　　　　　责任编辑 010-58336258
经　　销：新华书店
印　　刷：北京联兴盛业印刷股份有限公司
开　　本：710×1000　1/16
印　　张：12.5
字　　数：134 千字
版　　次：2017 年 12 月第 1 版
印　　次：2017 年 12 月第 1 次印刷
标准书号：ISBN 978-7-5075-4757-3
定　　价：38.00 元